VARIOUS ASPECTS OF
人間界の諸相
THE HUMAN WORLD

木下古栗
FURUKURI KINOSHITA

集英社

――――目次――――

人間界の諸相

淑女の嗜み

菱野時江《ひしのときえ》はボクシンググローブを装着した両手を構え、勢いよく右フックを繰り出した。ドスンと重い手応えの音が響き、サンドバッグがぐわりと揺れる。軽やかに両足の位置を踏み移して、続けざま左のジャブを二発、右ストレート、そして間髪《かんはつ》を容《い》れずに左フック。しっかりと腰の入ったえぐり込むような一発が決まり、またサンドバッグがぐわりと揺れた。汗に濡れた艶やかな前髪が額にはりつき、その下には鋭い眼光がぎらついている。獣じみた荒々しい吐息が漏れていた。

ジムでシャワーを浴びた後、帰宅した時江はテレビを点け、海外ニュースのライブ配信にチャンネルを合わせた。海の向こうの選挙戦や政治スキャンダル、異国間の軋轢《あつれき》や交渉、憂慮すべき軍事行動やテロ事件などが絶え間なく英語で報じられており、時江はそれを横目にラップトップをひらき、海外の高級紙のサイトやジャーナリストのブログを流し読み、ソーシャルメディアに浮上する識者の洞察、現地の声、風刺画像などにも接して雰囲気を感じ取りながら、日々移り変わる国際情勢に造詣を深めていく。知的な印象を演出するチタン製フレームの眼鏡をかけ、サイドテーブルに用意したおやつの、俗に頭が良くなると言われるＤＨＡの豊富に含まれた小魚&アーモンドをポリポリ食べながら。脳をシャッキリさせるフレッシュミントを浮かべたペリエをそれに合わせて。

やがて時江は人間の頭蓋骨のレプリカ、あるいは本物かもしれないものをテーブルの上に置き、そのてっぺんを太鼓のようにリズミカルに両手で叩きながら、いにしえの蛮族を想像させる呪術的な歌を奇妙な発声法で口ずさみ始めた。呪文を唱えるのにも似た歌唱はどんどん早口になり、複雑な高速の巻き舌や鼻の奥にかかった撥音《はつおん》が入り混じるうち、時江は次第に爛々とした据わった目つきをみせ、頭も肩も腰も小刻みに激しく揺らし始める。遂には目の前の頭蓋の両端をつかんで、いきなり思いきり頭突きを喰らわせた。トランス状態のせいかまったく痛みはないらしく、二度三度と強烈に額を打ちつけると、時江はふらりと椅子から立ち上がり、興奮醒めやらぬ様子で目をつむり両手を素早く擦り合わせながら、ぶつぶつと天に向かって何事か祈りを捧げる。そしてにわかに目をカッと見ひらいて両手を突き上げ、白昼をつんざく甲高い奇声を発すると、とつぜん意識を失ったようにその場にばったりと頽《くずお》れた。

数分後、時江は何事もなかったように立ち上がって前髪を整えると、着衣のパーカーとスウェットパンツ、さらにTシャツを脱いで下着姿になった。その上からエプロンを身につけ、背面は露出度高めのまま、台所に立って黙々と常備菜を作りにかかる。煮物、お浸し、胡麻和え、味噌漬け、肉団子、肉巻き、そぼろ、照り焼き。どれも奇を衒《てら》わない定番の味付けで、一口味見すると思わずほっぺたが緩む。「ご飯が進みそう……」とホクホク顔で独りごち、タッパーやジップロックに入れて冷蔵庫冷凍庫に収めていくと、その中からひんやりと心地よい冷気が流れ出てきた。

それでも長時間、コンロの火の熱に接していた時江は「あっつい……」と悶えるようにつぶやき、エプロンを外して脇に放り投げると、ついでにブラジャーも取り、パンティまでもするりと脱ぎ下ろして豊満な裸体を露わにした。そのままテーブルに乗り上がって全裸で座禅を組み、相対する位置に据えたラップトップで不倫SEXを題材にした熟女AVを全画面最大音量で再生しながら、目を閉じて瞑想に耽り始める。無線接続したスピーカーから道ならぬ愛欲に耽溺する男女の生々しい睦言や喘ぎ声、ぬめり立つ液音、肌と肌の衝突音、絶頂を宣言する絶叫などが爆音で部屋中に響き渡り、しかし時江はそれもひと夏の蟬の鳴き声のごとく聞き流す面持ちで眉ひとつ動かさず、見るからに無我の境地に達している。五十分とも五十年とも思える時間が流れた。

やがて窓の外が黄昏《たそがれ》る頃、時江はそっと目をひらき、もの静かに椅子に降りて姿勢よく腰掛け、傍らの小棚から化粧道具を取り出すと、すっぴんに色々塗って、顔貌を華やかに飾り立て始めた。肌がほの白く輝き、頰がうっすらと桃色に染まり、濃い睫毛がくるりと反り返って、ぱっちりとした瞳の花が咲く。さらにワンピースのドレスを着てボレロを羽織り、結婚式にでも呼ばれたかのようなおめかしをすると、自宅近くの通りでタクシーを拾って行きつけの飲み屋へ向かった。その車内で挨拶がてら、今から行く店に電話で爆破予告をして幾度目かの出禁になり、行くところが急遽《きゅうきょ》なくなった為、不本意ながら運転手に途中下車を告げる。降りてぶらぶらと歩くうちに、こぢんまりとしたワインバーが目につき、ふらりと入ってみるとまだ夜も早いせいか他に客はおらず、打ちっぱなし風の内装にカウンター席だけで、その背後の壁に幾つも四角いへこみがあってそこに風流な花瓶が飾られていた。

「今日は結婚式の帰りか何かですか？」と店主らしき女はスパークリングワインを注いでくれながら、時江の出で立ちをちらと見て訊ねた。「随分華やかな格好をされてて」

「いいえ、仕事が看護師で普段地味な格好をしてるから、時々急に着飾りたくなるんです」と時江は微笑んだ。「今日はお休みで、明日も夜勤で夕方からだから、ちょっとお酒でも飲もうかなって思っただけなんですけど、いつも行くお店に運悪く入れなくて……」

「看護師さんなんですか。きっとお仕事大変なんでしょうね」

「いいえ、どんな仕事にもその仕事なりに大変なことはあるから……」と時江はしみじみと答え、美麗に泡立った液体を口にした。「美味しい。初めて来たけど、素敵なお店ですね」

「ありがとうございます」

時江はまた泡立った薄ピンクの液体をひとくち飲んで、しとやかに横髪を耳にかけた。数秒の間、完全な沈黙が漂った。

「今日みたいなお休みの日は、いつもどういうふうに過ごされてるんですか？」と店主らしき女は話題を振った。「お酒以外の趣味とかは？」

「うーん」と時江は頬杖をつき、勿体《もったい》ぶるように微笑んだ。「ひと言じゃ言えないかな……」

創造的破壊

株式会社集英社の若手文芸編集者、稲松叶夢《いなまつとむ》は総務に電話して確保した小会議室の中、全裸で小説の原稿を読み込んでいた。作家が本気で書いてきた原稿に誠心誠意、何の先入観もなく剝き出しの自分で向き合うために誰にも教わらずに編み出したやり方で、いつからかこれが稲松の「精読の流儀」になっているのだった。もちろん出入口のドアは施錠済みであり、衣服はパンツの一枚に至るまで丁寧に折り畳んで、壁際に寄せた椅子の座面に積み重ねてある。稲松自身は会議机の真下に仰向けに横たわり、プリントアウトした原稿の束を顔面の上に両手で持って、舐めるような視線でそこに綴られた文章を辿っていた。しかしその原稿の中で登場人物が蕎麦屋に入り、ざるそばを啜りながら所属する会社の派閥抗争について懊悩《おうのう》する場面を読んでいるうちに、稲松の思念が不意にどこかへ逸れていった。まもなくその行く先が判明した。それは過去の想起——まだ数年前とはいえ不思議なことにもう随分前に思えるような、学生時代の非常に印象深い出来事だった。

実は稲松自身、東北の一流大学で学生の身分にあった頃、蕎麦屋で週三程度アルバイトをしていた。個人経営の庶民的な店であり、良心的な値段に比して味は抜群によく、天ぷらもからっと揚げられていた。その店にまだ夕方前の中途半端な時間、他に客は誰もいなかったのだが、ガラガラと引き戸を開けていきなり、全裸の男が入ってきたのだ。「いらっしゃいませ」と明るく声を出した次の瞬間、稲松は呆気にとられて絶句していた。二十前後と見えるその男は肉体労働に従事していそうな逞しい体つきだったが、引きこもりのような色白の肌、綺麗なピンク色の乳首及び乳輪をしており、陰毛は燃え上がる黒い炎のようで、垂れ下がるペニスは本格派のソーセージを思わせた。「ちょっと、すみません、その格好は……」と稲松がどうにか声を押し出すと、男は椅子を引いてさっそく座りながら、怪訝な表情で見返してきた。稲松は何とも言えず、急いで奥に行って「大将！」と煙草休憩中だった店主を呼び出した。大将は四十代後半の職人気質で根は優しく、子供と女性客には人当たりがよかったが、不作法な男性客は時に厳しくあしらうこともあった。客が店を選ぶのと同様、当然ながら店も客を選ぶ。大慌てでしきりに手招きする稲松につり出されて、客席の方に現われた大将はお品書きを眺める全裸の男を見た瞬間、さすがにちょっと眉を上げて驚いたものの、すぐさま目の色を変え、厳めしい顔つきで歩み寄っていった。

「おい、お前さん、その格好で俺の蕎麦を食うつもりかい？」

男は顔を上げてきょとんとしてから、ふっと笑みをこぼした。「大将、あんた目ェついてんのかい？　ご覧の通り、俺には格好なんて大層なものはないんだよ」

たしかに男は紛う方なき全裸であり、あらゆる「格好」を捨てている。だがそれで気圧される大将ではなかった。

「なるほど、じゃあ言い直そう。お前さん、その素っ裸で俺の蕎麦を食うつもりかい？」

「ああ、その通り。それとも何かい？　まさか蕎麦を食うのに着る服が要るとでも？」

「いや……」

「なら話は早い。ざるそばを頼む」

大将は重苦しい舌打ちを発して、傍らの稲松をじろりと見やった。そしてレジ脇の壁掛けカレンダーの今月分を破り取り、その裏の白紙にマジックで殴り書きをして、それを稲松の胸もとに突き出した。「おい、これを表に貼ってくれ」

稲松は黙って頷き、その「急な支障のため、小一時間臨時休店いたします。しばらくお待ちください」と書かれた紙を出入口の戸の表側にガムテープでしっかりと貼りつけた。

それから十分ほどして、いつもと同じざるそばが出来上がった。細かな黒い斑点入りのつやつやした麺はいつ見ても食欲をそそる。稲松はそれを全裸の男の席に運んでいった。だがその時、稲松はひとつの懸念を抱いた。男は全裸ゆえ財布を携帯しているようには見えない。そうとはいえ、もう作ってしまったのだから食わせるほかになかった。布巾で手を拭きながら調理場から出てきた大将を見やると、依然として厳めしい顔つきを崩さず、気安く話しかけられる雰囲気でもなかった。とその直後、早くもズルズルッと蕎麦を威勢よく啜る音が上がった。つゆが全裸の胸に飛び散るのにも一切構わず、男はパンパンに頬張った蕎麦を三度ほどしか噛み切らずに強引に飲み込むや、またズルズルッと豪快に啜る。その粋な食いっぷりをまざまざと思い出すうちに、稲松はふと、そんな出来事など一切なかったことを思い出した。

「えっ！　何だろう、これは？……」

　ぽつりと呟くなり急に武者震いに襲われて、稲松は思わず会議机の下から転がり出ると、作家の原稿をほとんど無意識に背後に投げ捨てていた。そして全裸のまま小会議室の出入口に近づき、ドアを解錠してその取っ手をつかんだ。今までに感じたことのないエネルギーが体の芯から湧き出てくる。と同時に、理性や常識というものが一瞬にして跡形もなく掻き消えていくのも感じた。だが、その消失感もマグマのように横溢するエネルギーの奔流に呑み込まれた。何とも爆発的な気分だった。

「今なら、この会社を変えられる気がする……」

　声帯が勝手に振動して、唐突な決意がまるで悪魔の声のように響いた。何かに乗り移られたような感覚が強くする。しかし稲松は気にせずある種の確信に満ちた表情で、背後に衣服や荷物を丸ごと残したまま、出入口のドアを開け放った。鼻先になぜかそば湯の香りが淡く漂った。

　幸いにも絨毯敷きの廊下には誰もおらず、左に進んですぐにまた左折すると、いつも乗っているエレベーター乗り場がある。稲松は下向き三角のボタンを押して、肩甲骨周りの筋肉をほぐすようにぐっと両肩を後ろに引いた。乳首が強烈に立って痛いほどだった。まもなくエレベーターが到着すると迷いなく乗り込んで一階のボタンを突く。だが、すいすい降下していた箱が四階で止まり、自動で扉がひらき、別の社員らしき中年男が伏し目がちにぼそぼそと何事か呟きながら、危うく乗り込もうとしてきた。中年男は一歩踏み込んだ直後、うわっと驚き、目を剝いて震えた声で「ちょっと、あなた何？」と訊ねた。稲松は今にも相手を素手で瞬殺せんばかりに凄まじく睨みつけながら、二十代とは思えぬ深い声で「社員ですよ、少なくとも今のところはね……」と返答した。中年男はゆっくりと頷いて一歩後ずさり、そこでエレベーターの扉が閉まった。数秒後、チーンと一階に到着した。

エレベーターから降りると完全に勃起しており、すぐ斜め前に制服を着た守衛が突っ立っていたが、稲松の才気溢れる脱ぎっぷりが圧倒的に堂々としているせいか、とっさには押し留められず、それどころか完全に素通りを許す間合いになってしまった。稲松は通り魔めいた顔つきで余裕たっぷりに会釈すらして通り過ぎた。そしてロビーに出ると右手の、受付台へ向かって一直線にすたすたと歩み寄る。そこには贅沢にも三人ものきっちりメイクを施した受付嬢が並んで座っていた。揃ってマスカラに縁取られた目を丸くしている。

「入社四年目の稲松です」と稲松は冷徹に鋭く自己紹介した。「受付業務なんかさっさと機械化して、今から俺と全裸でざるそばでも食いに行きませんか？」

鳥貴族

菱野時江は唇に黄色い口紅をつけ、真っ白なフェイクファーのボア生地のツナギを着て、自宅の上がり口脇に設置された姿見の前に立っていた。手首や脛《すね》先の裾こそ締め付けるリブになっているが、そこ以外はまるで羽毛のようになめらかにフサフサしている。さながら着ぐるみのボディスーツだが、一般的なそれと異なるのは背中にではなく、前にファスナーがあることで、ゆえに一人きりでも着脱が容易なつくり。とはいえその部分は比翼仕立てになっており、さらにボア生地が絶妙にフサフサしているので、それをうまいこと撫でつけたり少し掻き乱したりすることで、前合わせのラインを目立たぬよう隠すことができるのだった。

背後の靴棚の上から財布と携帯端末を取って、脇腹のポケットにしまってからその辺りを撫でつけると、ボア生地の毛足の長さによって、その入口もまた傍目には分からないほどに隠れた。次いで靴棚の上から手袋を取り、時江はそれを両手にはめた。ツナギに比べると毛足はごく短いものの、それもまた真っ白なボア生地で出来ており、先に左手に装着したので、右手はきちんと着けるのにやや難儀した。ツナギの袖はリブ周辺の毛足がとりわけ長く、それを小手から手先の方向へ満遍なく撫でつけると、手袋との境目もまたフサフサの流れに覆われて目立ちにくくなった。つまり首から上と両の素足以外、残らず白いフサフサの体になった。

はめ心地を確かめるように手袋をにぎにぎした後、時江は首の後ろに垂れていたフードをすっぽりと頭に被った。その頂きにはサメの背びれを二つ連ねたような形の、綿入りの真っ赤なフェルト生地の鶏冠《とさか》飾りが付いており、さらに左右の頬に位置する辺りから同じく真っ赤なフェルト生地の、胸元まで届くような長さのベロが垂れている。こちらは鶏冠ほどぎっしりではなく、ほどよく厚みが出る程度の扁平な綿入りぐあいで、その左右のベロの途中を顎下で合わせ、内側に付いているスナップボタンでぱちんと留めると、ちょうど肉髯《にくぜん》に見立てた飾りになった。いったん手袋を外しておき、上がり口に座って靴脱ぎに用意済みの黄色い地下足袋をつかむと、ツナギの八分丈のズボン部分の裾の、リブをきっちりたくし込みながら両足に履いて、もう一度手袋をはめる。仕上げにあちこちの毛並みを念入りに整え、また姿見に映り込むとそこにはどう見ても、立派な雌鶏と化した時江自身が立っているのだった。くるりと半ば背を向けて尻を突き出せば、そこには羽根ハタキに似た尾も生えている。

時江はよしとばかりに小さく頷き、靴棚の上から鍵束を取ると、玄関扉をそっと開けて外廊下の様子を窺った。人気のなさを認めるなり、さっと外に出てエレベーターのボタンを押す。玄関扉を施錠して鍵束をポケットにしまい込んで、両手で鶏冠の立ちっぷりを触って待つこと数秒、到着した無人のエレベーターに乗り込んだ。ポケット辺りの毛並みをしきりに撫でつけるうちに一階に降り、通路に出てオートロックの、エントランスの自動ドアをもどかしげに通り抜け、すばやく出入口の扉を押し開けて自宅マンション前の、夜の帳《とばり》の下りた通りに飛び出した。ホッと吐息をついたのも束の間、すぐ口もとを引き締めて、涼しい顔で夜道を闊歩する。

じろじろと行き交う通行人に見られながらも、徒歩五分のコンビニエンスストアの裏に到着すると、すでに先んじて二羽がたたずんでいた。時江は最も一般的な「白色レグホン」だったが、渋崎咲子《しぶさきさきこ》は「名古屋コーチン」を着こなしており、毛色はキャラメルのような艶やかな茶、鶏冠と肉髯は上品な薄紅色、尾は真っ黒で、足元はマルタン・マルジェラの往年の珍品、白ペンキの塗りたくられた足袋ブーツを履いている。その隣の古河内栗美《ふるこうちくりみ》は「比内地鶏」の出で立ちで、鶏冠と肉髯は咲子とほぼ同じだが、毛色はより濃い茶、とりわけ腹から下半身にかけて焦げた褐色になり、漆黒の尾は制作ミスなのか雄っぽく長く茂ったもので、足元は時江とお揃いの黄色い地下足袋だった。「時江がさつま地鶏だったら三大地鶏揃い踏みだったのに……」と咲子が黄色い唇を尖らせて言った。「地鶏なんて田舎臭い。私イタリア原産だから」と時江は気取って言い返しながら、脇腹のポケットにフサリと手を入れた。栗美はブラジャーがずれたのか、自分のむね肉を激しくまさぐるような仕草をみせた。その詰め物でもしているかのような巨大な膨らみを横目に見た咲子が「栗美って胸大きいよね、何カップだっけ？」と訊ねる。「F……」と栗美は消え入りそうな声で答えた。時江は取り出した携帯端末の画面を薄闇に光らせ、土曜日の十八時二十三分という表示を見た。「やばい、遅れちゃうよ」

三分ほど急ぎ足で歩いた末、赤提灯の吊された焼き鳥屋に到着した。ガラガラと音を立てて引き戸を開けると中年の女将が出迎え、またこいつらかと言わんばかりに顔をしかめたものの、時江が「六時半に予約した鳥山です」と平然と偽名を伝えると、客商売ゆえ仕方なく奥の四人掛けの席に案内してくれた。フサフサの手袋が湿らないよう、配られたおしぼりはちょいとつまんで脇にやり、取り敢えず「いつもの」を注文する。まだ店内にはカウンター席に常連が座っているだけで、そのうちの一人のおやじが「俺もヒヨコの格好でもしてくればよかったなあ!」と聞こえよがしに声を上げ、向こうの厨房に立つ大将が朗らかに笑ったが、時江たちは完全に無視した。咲子がポケットから人数ぶん取り出した紙ナプキンを各自広げ、その特別に長く加工した紐部分をフードの後ろで結わえて待つうちに、お通しの軟骨の唐揚げ、ワイングラス三つが続けざまに運ばれてくる。さらに女将は「Cremant」の文字がラベルに見えるボトルを携えて再登場すると、そのスパークリングワインをシュワシュワと手際よく注いでいった。三つのフサフサした手が滑らないよう注意深くグラスの脚を持ち、まず時江が「ココリコ」と言って自分のものを掲げる。すると他の二つがそれにそっと打ち合わされた。めいめいの黄色い唇がグラスの縁につき、泡立った液体が流し込まれて、ごくりと喉の波打つ音がした。

時江はお品書きを手に取り、ささみ、ねぎま、ハツ、ぼんじり、砂肝、とり皮などを次々に指名していった。「塩でいいのね?」と女将は確認した。お通しを箸でつまみながらまもなく泡を飲み干すと、超庶民的な零細店ゆえグラス交換はサービス外だが、お代わりに白ワインをもらう。注がれた安シャブリはよく冷えていた。そのうちに出来上がった焼き鳥の皿が運ばれてくると、時江はフサフサの白い両手をみせつけ、訴えるような潤んだ瞳で女将を見つめる。すると女将は溜息をつき、「こっちも忙しいんだけどね……」と愚痴りながらも、全部丁寧に串から外してくれるのだった。時江たちはそれを箸や爪楊枝で突き刺して食べ始めた。

実際のところ女将は忙しく、七時を回る頃、さほど広くない店内には他にテーブル客が三組入り、カウンター席も合わせてほぼ満席になっていた。その三組とも時江たちを初見のようで、物珍しげにじろじろ見たり、こそこそと小声で明らかに話の種にしている。串から外された焼き鳥各種をぱくりと口に入れてもぐもぐ食べていると時々、くすくす笑いながら「共食い」などと囁く声も聞こえてくる。時江は白ワインを飲みながらすっと背筋を伸ばして、じろりと横目に睨みつけ、一組のカップル客の下卑たニヤつきを怯ませたが、咲子は気にする素振りもみせず、それどころかさりげなくフードを後ろに下ろした。「ちょっと、何やってんのよ」と時江は気色ばんで注意した。「だって暑い……」と咲子は手のひらで顔を扇いだ。栗美はまたブラジャーがずれたのか、自分のむね肉を激しくまさぐるような仕草をみせた。それをカウンター席の常連のおやじが卑猥な目つきで盗み見ていた。

三羽はやがて「店主お勧め！」とお品書きにあるレバー二種とつくねをタレで頼んだ。ブロイラーの悲惨さ等を肴に話し込みながら、残っていた白ワインを飲み干すと、今度は赤ワインにする。女将はそれをとくとくと注いだ後、無言で焼き上がったレバーとつくねを串から外してくれた。塩で食べたハツや砂肝も臓器売買だったが、とりわけ艶やかなタレをまとったレバーは背徳的な光沢を放っており、時江は口に入れた直後、官能に蕩《とろ》けるような恍惚の表情になった。その余韻のうちに赤ワインをひとくち飲んで、今度はタレをまとったつくねに卵黄を絡めて食べる。するとただでさえ黄色い唇にさらにべっとり黄色い液が付着して、時江はちろりと舌先を出してそれを悩殺的に舐め取った。そしてまた赤ワインをごくり。締めにあっさりとしていながら味わい深い澄んだ鶏ガラのスープを啜り、ホッとひと息ついて、女将に会計を頼んだ。しかしレジに向かう前に三羽揃って、フサフサの手袋が湿るのも厭わず、おしぼりでテーブルを隅々まで入念に拭く。立つ鳥跡を濁さずとばかりに。

女将はレジに素早く伝票の金額を入力して「一億二千四百万」と告げた。「ええっ、高い……」と顔を赤くした咲子はつぶやき、栗美と揃ってつかみにくそうに札入れから紙幣を取り出して、苦労して四千円ずつ数え、木製のカルトンに置いた。するとそこへ時江がぺらりと五千円札を足して「一億三千万で」と懐のあたたかさを見せつけた。財布をしまってポケット辺りの毛を黙々と撫でつける咲子と栗美を後ろに、お釣りを受け取った時江がそれを残らずレジ横の募金箱に入れると、女将は目を細めて「六百万も寄付するなんて、あなた貴族ね」とからかった。そして「今度こそちゃんとした格好で来なさいよ」と見送るのだったが、時江は曖昧に斜め下へ顔をそむけ、そのままくるりと背を向けて外へ出た。その後に残りの二羽も続いた。千鳥足でふらふらと夜道を歩き出して、見上げるとヒヨコの頭に見えなくもない真ん丸の満月が浮いている。ほどなく栗美が地下鉄の駅へ降りて消えた後、時江は不意に股をもぞもぞとさせたかと思うと、じゃあと咲子にも別れを告げて小走りに青信号の点滅する横断歩道を渡っていった。

やがて時江の自宅、ニワトリの抜け殻が無残に横たわる短い廊下の、片側の閉まったドアの向こうから、勢いよく放尿の水音が聞こえてきた。それが途絶えた後、うーんと迫力の呻き声も聞こえ、ポチャンと何かが落ちる音もした。まだ夜にもかかわらず、立派な卵が生まれたのかもしれなかった。

DREAM ON

カリスマ全裸公然わいせつナンパ師、早乙女《さおとめ》アキラは股間にフェイクペニスの揺れるレザービキニのみを身につけ、柔らかなスポットライトに照らされた舞台にごく自然な歩みで登場した。薄暗い客席から控えめな拍手が起こり、早乙女の背後の、早乙女の巨大化した影のかぶさった大型スクリーンに「ＤＲＥＡＭ　ＯＮ」という毛筆フォントの文字が浮かび上がる。早乙女がヘッドセットのマイクの位置を調節するうちに、ぱちぱち鳴っていた拍手が疎《まば》らになり完全におさまって、聴衆がしんと静まり返った。早乙女は小さく咳払いをした。

「皆さんこんにちは、カリスマ全裸公然わいせつナンパ師の早乙女アキラと申します。とはいえ、私も基本的には捕まりたくないため、こんな格好で妥協しております」

早乙女は落ち着いた物腰で淀みなく語り始めながら、全長三十五センチほどのフェイクペニスの根元に手をやり、それをかるく振り上げてみせた。柔軟にしなう素材のそれはレザービキニの股間に備え付けの金属製の輪っかに、さらに取り付けられたキーホルダー風の造りで、亀頭部分だけが丸ごとＬＥＤになっており、ある種の警告を発するような真っ赤な光を常時ギラギラと放っていた。

「今日、皆さんに一緒に考えていただきたいのは、どうやったら男が女子会に参加できるかということです。まず手始めとして簡単に、一般に女子会というものを定義してみましょう。それはおそらく、複数の女性参加者だけで催される飲み会や食事会、といったところではないでしょうか。もちろん食事会と言っても、それにはスイーツなどだけの軽食も含まれますし、単に飲み食いするばかりでなく、おそらくはお喋りも欠かせない要素としてそこに入ってくると思います。何も喋らずに飲み食いしているだけなら、赤の他人同士の相席とあまり変わりませんし、女はお喋りが大好きという通説もあります。もちろん酷く無口な女性もいますが……」

早乙女がそこで肩越しに背後を手で示すと、大型スクリーンに「無口な女もいる」という毛筆フォントの文字とともに、いかにも無口そうな仏頂面の若い女の写真が映し出された。

「複数の女性参加者、という点に関して、細かく異議を差し挟む方もいらっしゃるかもしれません。というのも二人だけならそれは会とは言えないのではないか、三人以上と定義すべきでは、という意見も一方にはあるでしょうし、また一方には、一人ぼっちの誕生日会などを催された経験がおありの方もいらっしゃるかもしれないからです。会というものは何人から会と呼べるのか、ということです。しかしそれは今の場合、些末な問題ですから、脇に置いて先に進みましょう」

早乙女は「三人」「一人ぼっち」といった言葉に合わせて、指を三本立てたり一本だけ立てたりして、さらに「脇に置いて先に進みましょう」と言うのに合わせて、見えない何かを脇に置き、進むべき前方を軽やかに指さすような仕草をした。

「さてそこで本題に入りますと、男が女子会に参加するというのは、土台不可能なことに思えます。先の定義によれば女子会とは女性参加者のみの飲み会や食事会のことですから、男が参加した時点で、それは女子会ではなくなってしまうからです。ここで女子会にどうしても参加したい男が取るべきアプローチは、現在のところ、大きく分けて二つ考えられています。ひとつは身体的、外面的なアプローチ、もうひとつは心的、内面的なアプローチです」

早乙女は前者に合わせて自身の外面を両手でかるく撫でるような仕草をみせ、後者に合わせて自身の胸にぽんと手を当ててみせた。そこに人間の心があるとでも言うように。

「身体的、外面的なアプローチとは具体的に言えば、化粧や女装、肌の手入れや無駄毛の処理、あるいはトリートメントをしながら髪を長く伸ばしたり、ペニスや玉袋をガムテープで一時的に隠したり、といった方法で少しでも女性に近づくことです。より過激に原理主義的になると整形手術によって、顔立ちに手を加えるほか、ホルモン注入、去勢、はては乳房や女性器の形成などに突き進むことになります。翻って心的、内面的なアプローチとは、少女漫画やハーレクインロマンスを読んで心をときめかせたり、女優に感情移入しながら女性向けＡＶを鑑賞したり、女性向けメディアの発信する下世話な情報をせっせと摂取したり、といった方法で少しでも女性に近づくことです。さらにティーカップを持つ時に小指が立っていたり、笑う時に上品に口元に手を当てたり、なよなよした身のこなしをしたり、何々なの、何々かしら、などといった喋り方をしたり、そうした男性が往々にして女っぽいと言われることからも分かるとおり、仕草や言葉遣いを女らしくする、それによって女らしい内面を形作る、そして女らしい内面が形作られることによってさらに、女らしい仕草や言葉遣いが自然になる、というやり方もあります。これはつまり、心身両面にわたるアプローチです。身体と心、外面と内面は峻別できるものではありませんから、実のところ、先に挙げた身体的外面的なアプローチと心的内面的なアプローチもまた、それら両面にわたる作用があると言えるでしょう。もちろん現実の女性は様々ですから、仕草や言葉遣いが世間的な形容で言って女らしくない、あるいはむしろ男らしいと評されるような方もいます。外面内面の双方においても多種多様な女性がおり、世間に流通する女らしさというのは紋切り型の虚像にすぎないという面も多分にあります。さらにその場の性質や接する相手によって、女性自身も敢えてそうした女らしさを演じたり、装ったりもするでしょう。要するに十人十色であり、また時と場合によるというわけです。しかし目下の問題においては、現実の女性の様々なあり方よりも、むしろ紋切り型の虚像の方に近い、いかにもな女らしさこそが重要なのです。つまり、女子会に参加したい男が鏡の中に見るべき、己の内に取り込むべき女というのは、多くの女性に共通する身体的ないし外面的な特徴、あるいは世間に流通する心的ないし内面的な女っぽさであって、現実の女性の多様性に広がっていくようなものではありません。むしろ出発点が男だというハンデがある分、そのいかにもな女らしさをさらに、分かりやすく先鋭化させたり誇張させたりするくらいでないと、女らしさを獲得できないとさえ言えます。なぜなら女子会、それは日々世界各地で催されており、その集合としての女子会ともなれば巨大な規模になるわけですが、時空間に蔓延《はびこ》るその巨大な女子会というマジョリティに対して、それにどうにかして参加したい男というのは厳然たるマイノリティであり、マジョリティがその場において自らの属性をさほど意識せずにいられるのに対して、マイノリティというのは自らの属性、とりわけある観点に立った場合に重荷となる負の属性をどうしても意識せざるをえない。そしてこの場合の負の属性とは女子会に参加できない自らの男という属性、換言すれば女という属性の欠如であって、その欠如を満たすには、分かりやすい女という属性の諸要素を、ある意味では戯画的といってもいいくらいのやり方で、血肉と化していく必要があるからです」

力強くそう言い切った直後、早乙女は股間のフェイクペニスをレザービキニの輪っかから手早く取り外したかと思うと、それを勢いよく振り回してから足もとに叩きつけ、さらに思いきり踏みにじった。客席の男の幾人かが、まるで自分たちのペニスがそうされたかのように顔をしかめたり、股をきゅっと閉じたりした。赤々と灯っていた亀頭は取り外された際、その光を失っていた。

「しかしながら、たとえどんなに、どんなやり方で女に近づいたとしても、男は男であり、従って女子会には参加できません。繰り返しになりますが、男が参加した途端にそれは女子会ではなくなってしまうからです。ところがまた一方で、たとえ性転換手術を受けたり、あるいは身体は男のままでも、参加する女子会の成員に完全に女と認知されるまで女心を獲得できたりしたとして、つまり女になれたとして、その上で女子会に参加したら、それは女のみの参加する単なる女子会であり、やはり男が女子会に参加することにはなりません。男のままでは決して女子会に参加できず、男から女になったら女子会に参加する男ではなくなってしまう。私はこれを女子会のパラドックスと呼んでいます。どう足掻いても男は女子会に絶対に参加できない。とてつもない絶望が我々の前には横たわっているわけです。どこにもウルトラCなど存在しない」

項垂れて重々しく口をつぐんだ瞬間、早乙女を照らすスポットライトが弱まり、周囲の暗がりが色濃くなった。そしてほぼ同時に、背後の大型スクリーンに「ウルトラC」という毛筆フォントの文字が浮かび上がり、次いでその言葉の上に容赦なく×印が付けられた。十秒ほどの間、早乙女はそのまま悲しげに黙りこくり、それからふっと顔を上げて、聴衆に向かって優しげな諦念を湛えた微笑みを浮かべながら、それぞれの手で左右の乳首をつねり、それを限界まで引っ張るような仕草をみせた。

「少し個人的な話をさせてください。私は五歳の頃、宇宙飛行士に憧れていました。無限の宇宙空間の壮大さに幼心にロマンを感じていたのです。しかし理系の大学生となった頃には、ミジンコの研究をしていました。ミジンコというのは、我々人間からすると驚くべき不思議さをそなえた生き物です。基本的に雌ばかりで無性生殖をする、つまり雌が雌を産むわけですが、水質が酷くなるなど、環境が極端に悪化すると雄を産み、そうして有性生殖をすることで、過酷な環境にも耐えうる卵を産みます。ところが少し前、日本に生息するミジンコは有性生殖をしたことがないという驚きの発見がなされました。みんなずっと雌です。雄とは全然交わっていない。要するにずっと女子会ばっかりやってきたわけです。そうするとどうなるでしょうか。無性生殖というのは簡単に言ってクローンの連続なわけですから、遺伝的多様性が生まれません。そうなると千年単位とかの長い期間でみた場合、やがて絶滅してしまうと言われています。女子会ばっかりやっていては駄目なんです。これが、必要なんです」

早乙女はおもむろに足もとのフェイクペニスを拾い上げ、それをまたレザービキニの輪っかに装着した。そして根元のスイッチか何かを操作して、亀頭のＬＥＤをふたたび情熱的に燃えるように赤く灯らせた。

「もう一度、本当の女子会の話をしましょう。実を言うと、この世には女子会というものは存在しません。驚かれるかもしれませんが、これは真実です。なぜでしょうか。それはさきほどの女子会のパラドックス、男と女の排他性から自然に導くことができます。男と女は混じることができない、ということは、男がいるから女がいて、女がいるから男がいる、ということになります。となると、男がいないと女はいないのであり、従って女しかいない女子会には、女はいない、ということが帰結されるのです。もちろんさきほど言ったとおり、男が参加したらそれは女子会ではありません。かといって、女しか参加しないとしても、それは女子会ではないのです。この世には女子会というものは原理的にありえないのです。これが女子会のパラドックス、ヴァージョンⅡです」

早乙女は「ヴァージョンⅡ」と言うのに合わせて右手の二本指を立て、それからその人差し指と中指を限界まで広げてみせた。

「この人差し指を女、中指を男としてみましょう。この二人が一緒に飲み会ないし食事会をする。するとそれは当然、これまで語ったことに基づき、女子会ではありえません。しかしこの時、男がいることによって女は女となり、女がいることによって男は男となる。するとそこには、日本のミジンコとは違う、男と女という多様性の第一歩が生まれています。そして皆さん、ハーモニー、調和というものを想像してみてください。調和というのは異なるもの同士が美しい釣り合いを保つこと、響き合うことによって生じます。今、客席の皆さんは総じて節度のある服装をなさっていらっしゃいます。しかし私はというと、決して褒められた格好ではありませんし、ことによると……」

早乙女はレザービキニの腰に手をかけ、くるりと背を向けるなりそれを大胆にも脱ぎ下ろして、左右の足をすばやく抜き、全裸の後ろ姿を見せつけた。脱いだものを傍らに投げ捨てると同時に、カシャッとシャッター音がして大型スクリーンにモザイクのかかった早乙女の股間が大写しになり、客席から息を呑むような声がひっそりと漏れた。

「もっと褒められたものではない格好になることもあります」

そして早乙女は後ろ姿のまま両脚を肩幅より少し大きくひらき、深々とお辞儀をするように腰を折って、亀頭と玉袋の覗く股の間から顔も覗かせ、逆さになった客席を見渡した。

「今、この突然の天地がひっくり返った視界からそちらへ向けて、女性の方限定でお訊ねします。これから私とハーモニーを奏でたい方、つまり飲み会ないし食事会を共にしてもいいという方、迷わずに挙手願います。参加いただいた方には漏れなく、特製巨根キーホルダーを進呈いたします」

三十秒ほど、早乙女はその姿勢のまま微動だにせず客席を逆さに見渡していたが、水を打ったように静まり返った聴衆の中、挙手する女性は一向に現れなかった。

「どなたか、いらっしゃいませんか？　どなたか？」

切実に他者を希求する澄みきった声が響き渡り、まるで誰かが挙手するまでのカウントダウンのように、スクリーンのモザイクを構成するブロックがひとつずつ、あちこち飛び飛びに鮮明な画像に切り替わっていくのだった。それにつれて舞台の袖に、制服を着た警官たちの姿がちらちらと見え始めた。彼らは数人で飛びかかる機会を窺っているらしく、そのうちの一人の婦警が正義感に満ち満ちた顔つきで、片手に物騒な手錠を携えていた。

「どなたか、いらっしゃいませんか？　どなたか！」

次第に切迫感を増す声に聴衆の心臓が高鳴り始めていた。

遠隔操作

菱野時江は自身初の写真展を開催するギャラリーの入口そばに立ち、受付台の上に積み重ねられたカラー刷りのチラシを一枚取って、その裏面を真剣な面持ちで眺めた。「**剃りマンジャロ——かくも美麗なる恥丘——**」と本人直筆の題字が掲げられた下、写真家自らがここ三年ほどにわたって、本業たる看護師の傍ら、陰毛処理におけるアーミッシュ的態度に基づき、決してブラジリアンワックスや光脱毛器など用いず、脱毛サロンにも足を向けず、ただ研ぎ澄まされた剃刀のみを巧みに操り、細心の注意を払って剃毛した恥丘の、その自画撮りに鋭意邁進してきたことが淡々とした文章で説明されている。自宅や旅行先の宿において、様々に設置したデジタル一眼レフの無機的な眼差しに恥丘をあられもなく曝しながら、それと無線接続した携帯端末の遠隔操作によって、手ずから激写したという撮影方法もそこに記されていた。「あたかも何か自身ならざる存在の意志によって、指先がシャッターを切る。私はその時、神の視点から自らの恥丘を眺めていた。あるいは宇宙から地球を見下ろす衛星のカメラのような視点から……」と下部の囲み欄には時江自身の声も綴られている。「何も処理せよなどという押しつけがましいメッセージ性はない。下の毛というのは剃るもよし剃らぬもよし、現生人類の女性にとって、もはや何ら本質的ではない、言わば偶有性をそなえている。しかし生い茂るままでも有り得た、その秘部の森林という自然が、何の偶然か、あるいは必然か、剃られてしまったというこの圧倒的な不在の存在感――私はその剃毛された恥丘というものに、そしてそのふもとに通ったひとすじに、オッカムの剃刀によって簡潔にされた論理のごとき、透徹な美しさを見出したのかもしれない……」

時江は我ながら感銘を受けた様子で頷き、写真入りの表は一部モザイク処理の施されたチラシを重なりに戻して文鎮を置くと、ポケットから携帯端末を取り出して、スケジュールを確認した。今日は午前中に搬入及び設置、十八時よりオープニングレセプション、そして明日から六日間にわたって終日開催となっている。現在時刻は十六時半を回っていた。

受付の奥の階段を下り、薄桃色の暖簾《のれん》をくぐって地下展示室に入ると、そこには窓も仕切りもない白塗りの空間が広がっており、出入口以外、四方の壁にずらりと時江自身の接写された恥丘の、実物よりもかなり拡大された鮮やかな写真パネルが三十点飾られている。それぞれの写真の下にはごく小さなプレートが添えてあり、チラシの一節を借りれば「恥丘それ自体がひとつの言語となる」ようにどれも題名は付与されていないが、作品の大きさ、使用機材、施したデジタル修整及び加工などが奥ゆかしい書体で記されていた。剃り跡の毛穴や血の滲みを敢えて生々しく際立たせた作品もあれば、そうした現実を綺麗に取り去って、崇高な神々しいまでの柔肌、なめらかな視覚的触感を作りだした作品もあり、ひとすじの割れ目にぱりっとした海苔が一枚挟まれているもの、二本指でくっきりと露出させた陰核のところに画像加工ソフトを用いて光り輝く大粒のダイヤモンドをはめ込んだものなどもあった。それらの作品群は見るからにそれぞれ異彩を放ちながら、ある種の曼荼羅《まんだら》的な効果をもって、女体の恥丘という部位の興味深い多面性を一堂に表現しており、個々としても全体としても、時江の芸術家としての驚くべき美的センスをきわめて明瞭に提示していた。しかもそれのみならず、部屋の中央にはガラスケースをのせた台があり、その中には剃り落とされた陰毛が一度分ずつ、ワイングラスに入れて並べられてもいる。すべて日付の入った紙片が添えられており、時江がまだ茂りかけの段階で早くも剃った時、鬱蒼と生い茂らせてから剃った時といった折々の違いが毛の量として、まざまざと「見える化」されていた。鑑賞者に不快感を与えぬようにか、適切な洗浄と乾燥を経た旨の注意書きもあった。

　その時、時江の携帯端末が振動した。見るとギャラリーの担当者からのメールで、高級ファッション誌「VOGUE《ヴォーグ》 JAPAN《ジャパン》」から取材の申し込みが来ているという。「またか……」と時江はつぶやき、手もとを操作してメールボックスに戻るとここ数時間のうちに、同じ担当者から「……より取材の問い合わせです」という件名のメールが既に十数通も届いている。硬軟の別なく各種新聞雑誌から、そして有象無象のウェブメディアからも。時江はやれやれとばかりに溜息をつき、その場で担当者のアドレス宛てに返信を綴った。「午前中は業者の方と設置ご苦労様でした。ニュースリリースってこんなに効果があるんですね（私の写真展がインパクト大のせいもあるでしょうけれど……）。でもお手数ですが、やっぱり事前の取材依頼はすべて断ってください。話題性ではなく、まず現物を見てから判断してもらいたい気持ちが強いので。菱野時江拝」

それから時江は展示室中央のガラスケースの傍らにたたずみ、四方の壁を埋め尽くす自身の恥丘写真ひとつひとつに冷徹に舐めるような視線を送りながら、じっくりとひとまわり眺めていった。恥丘たちはどれももっこりとふくよかで、ふもとに通ったひとすじもその量感にまろやかに沿った切れ込みとなっている。それは誰しも魅了されずにおれない極上の形態美であり、色気と無邪気、迫力とユーモア、欲望と静謐、解放と秘密、悟りと舌なめずりをすべて等しく包含していた。まこと素晴らしいとしか言いようがない光景だった。

「時江」と不意に背後から声がした。

うっとりした眼差しのまま振り返ると渋崎咲子が入ってきて、怪訝そうに時江を見つめた。

「何でそんな、エクスタシーの余韻みたいな表情になってるの？」

「だって素敵じゃない？　自分で言うのも何だけど」と時江は微笑んで言って、またねっとりと自身の作品群を眺めた。「それにとうとう、実現するんだなって思って。初めてで色々大変だったし、ボーナス一年分丸ごと飛んじゃったくらい、お金もかけてるし」

「お客さん、いっぱい来るといいね」

「ううん、そういうのは求めてないの。もちろんあんまり少なかったら残念だけど」と時江はさっぱりした表情で言った。「それより、今日は有休を取ってまで準備を手伝ってくれてありがとう」

「気にしないで。私と時江の仲じゃない」と咲子はにこやかに言って、ぽんと時江の肩をかるく叩いた。その手からほんのり石鹼のにおいが漂った。咲子は心なしか眩しげに目を細めながら、どこか神聖な雰囲気すら漂う白い光に満ちた白塗りの空間を見回した。「それにしても、いいギャラリーを借りられたよね。今行ってきたら、トイレもすごいお洒落だったし」

「うん、オーナーもさすが芸術に理解のある人で、一緒に逮捕されようって言ってくれたの。この国の文化は信じがたいほどに幼稚かつ低劣だから、さざ波程度でも起こしていかなきゃ何も変わらないって意気投合して」

拡大された三十の恥丘たち、しかも各々多様な顔を見せながら結局のところ一人の秘部の複写群に取り囲まれるうちに、咲子は改めて目を惹かれた様子でしみじみとそれらを眺めやった。

「それにしても、ポルノだね」

「咲子、それは違う」と時江は首を振り、ふっと鼻先に苦笑を漏らした。「これは芸術なの」たしなめて物知り顔で腕を組む時江をよそに、咲子は受け流す笑みを浮かべてまたひとつの作品、正面やや下のアングルから、ぱっくり切れ目の入った肌色のビワのような、蠱惑《こわく》的な恥丘を接写したものをじっと眺めた。とりわけ綺麗に撮れたものらしく、陰唇はごく薄い褐色と淡い桃色のあわいに滲んでおり、優美で瑞々しく、可憐であると同時に色っぽかった。

「そう言えば、あの写真パネルってアクリル加工だっけ、何か表面にそういうのが施されてて、触っても大丈夫って業者の人が言ってたよね？」

「うん、汚れがついたりしても拭けばいいの。劣化しにくいし、立体感と透明感も出るってお勧めされて」

「たしかに、すごい綺麗だよね……」

感嘆のつぶやきを漏らして眺め入ったのも束の間、咲子はちらとガラスケースの上に放置されていたマイクロファイバーのハンディワイパーに目を留めて、それを手に取り、めざましい美しさの恥丘写真にすたすたと近づいていった。そして巨大な猫じゃらしのようなそのハンディワイパーでもって、正面やや下のアングルから接写された麗しの恥丘の、ひとすじの割れ目をそっと撫で上げた。咲子は肩越しに妖しげな流し目を時江にくれて、そのままゆっくりと繰り返し割れ目を撫で上げるのだった。

「ちょっと、何のつもり？」

時江は両腕を組んだまま、冷ややかな目つきでそれを眺めた。

「別に」

咲子はこともなげに言って、割れ目まわりを緩やかに焦らすように撫で回したり、右側、左側と交互に撫で上げたり、そうかと思うとフサフサのマイクロファイバーを横に寝かせて、恥丘一面を余すところなく舐め上げるように動かしたりもした。時江は両腕を組んだまま肩で溜息をつき、後ろのガラスケースの台の縁にかるく尻を寄りかからせ、ミモレ丈のスカートから伸びる両脛を交差させて、いよいよ冷ややかな目つきでそのさまを眺めた。ときおり両腕をほどき、片手の指先で前髪を流した。

「そういう下品なことはやめてよ」

「これもまた芸術よ。こういうパフォーマンス的要素を取り入れてみたらと思って」

咲子は棒にフサフサのついたそのハンディワイパーに次第に生々しい動きを与え、先っぽの方からくいっとしゃくり上げる感じで割れ目を繰り返しなぞり、それからその先端でもって、割れ目上部の一点をしきりにつんつんと突いた。

「どう、感じる?」

「馬鹿じゃないの、変態」

時江は吐き捨てて顔をそむけ、ほんのり頬を赤く染めながらも、またじろりと横目に睨みつけた。咲子はさらに生々しくハンディワイパーを操り、触れるか触れないかの繊細な接触でじっくりと恥丘を撫で、すすっと割れ目をなぞり上げ、はては上部の一点に先端を突きあてると、機械的な刺激を与えるかのように振動させたりもした。時江は頬を紅潮させたまま、なおも冷ややかに目を細めて静観していたが、心なしか落ち着きなく両脚の交差を組み替えたり、背筋を伸ばすようにしたり、髪を耳にかけてしきりに撫でつけたりするのだった。咲子はいよいよ熱が入り、割れ目に沿って縦にフサフサをあて、くすぐるように微妙に揺らしてから、何かお祓《はら》いめいた手つきで、右、左、右、左とそこを両側にひらかせるように交互に撫で始めた。

時江はチッと舌打ちを響かせ、呆れ返ったように髪を掻き上げながら溜息を漏らすと、ぷいとそっぽを向き、とうとう展示室から出ていった。そして足早にギャラリーも出て徒歩二分弱のコンビニに赴き、買い物袋を提げて戻ってくると、トイレに入って品物の包装を破り、その新しいパンツにそそくさと穿き替えた。

位置情報

平日も在宅のことが多く何をしているのか分からない男、平尾正樹《ひらおまさき》は台所に立ち、両手でつかんだ乾麺の束に少しねじりを加えてから、それを煮え立った鍋の中心にそっと落とした。黄味がかった小麦色の細長い無数の棒たちが、ぱらりと鍋縁に沿って放射状に散らばる。すかさず背後の冷蔵庫を振り返り、その扉にくっついたキッチンタイマーを操作して七分間のカウントダウンを命じると、平尾は淀みなく右手に菜箸を取り、沸騰した湯の中に麺を沈ませて、ふにゃりとし始めたそれを掻き混ぜた。その直後、傍らの流し台の上に置かれた携帯端末から着信音がした。

菜箸を置いて画面を覗き込むと、十一桁の数字のみが表示されており、名前の登録された電話番号ではない。平尾は微かに眉をひそめてその番号を数秒眺めてから、手に取って指先で応答の操作をした。そして受話口を片耳にあてた。

「はい」

「こんにちは」と若々しい男の声がした。軽やかで明朗な口調だった。

「……こんにちは」と平尾はやや不審げに耳を澄ましながら、防御的な硬い小声で応じた。おのずから警戒心が滲み出ていた。

「今、下半身に何か穿いていますか?」と謎の男は明朗な口調のまま言った。

「……私は男ですよ」と平尾は一瞬言葉に詰まってから冷淡に答え、喉の奥から侮蔑的な苦笑を微かに漏らした。「そういうのは余所《よそ》でやってください」

「余所ならやっていいんですか?」

「いや……」

「そういう趣旨の電話じゃないんですよ」と謎の男は言った。「別にいやらしい悪戯電話をかけてるわけじゃないし、同性愛者っていうわけでも全然ないんです」

「……ご用件は何ですか?　この番号をなんで知ってる?」

「まあそう詮索しないでください」と謎の男は笑った。「ちなみに、こっちはちゃんとズボンもパンツも穿いています」

「そうですか」と平尾はいかにも素っ気なく言った。「じゃあそろそろ……」

「ちょっと待ってください」と謎の男は慌てて引き留めた。「これも何かの縁でしょう?」

「パスタを茹でてるんですよ」と平尾はいささか苛立たしげに言って背後を振り返り、冷蔵庫の扉にくっついたキッチンタイマーの、刻一刻と減っていく残り時間を見つめた。「あと六分二十三秒で茹で上がるんです」

「ならあと六分ある」と謎の男は不思議に力強い口調で言い返した。「手短に言いましょう。

こっちは今、下半身にパンツとズボンを穿いている。そしてパンツは適度に余裕のあるトランクスですが、その上から穿いたズボンは股上が浅めの、かなり細身のチノパンです。イタリア製でシルエットは抜群にいいけれども、その代償としてかなりタイトなわけです。これが何を意味しているか分かりますか？　今、僕のペニスと玉袋は見事なまでに、右か左か、どちらかに非常に窮屈に偏っている。それがとても落ち着かない。男なら分かりますよね？」

「パスタを茹でてるんですよ……」と平尾は一語一語噛み締めるように、芝居がかった呆れと哀れみを滲ませて言った。

「分かりました、あと六分弱。それがあなたのシンキングタイムです」と謎の男は告げた。「あと五分五十五秒」

「僕のペニスと玉袋が右と左、どっちに偏っているか。それがクイズです。直接的に答えを探る質問以外なら、時間内は何でも質問してくれて結構です。つまりそれがヒントになるわけです。さあ始めましょう、時間がない」

次第に楽しげな、しかも煽るような口調になるのを聞くうちに、平尾はふっとまた侮蔑的な苦笑を漏らした。

「なぜそんなことを当てなきゃいけないんです？　あなたのペニスと玉袋がどっちに偏っていようが、そんなのは私の知ったことじゃない」

「そうかもしれません。でも、これも何かの縁でしょう？」

平尾はまたしても苦笑した。「そろそろレトルトのソースをチンしないといけない。すいません」

「逃げるんですか？」

「何から？　何から逃げるって言うんです？」

「僕の股間のアンバランスからですよ」

「直せばいいでしょう、アンバランスなら」

「人の話をちゃんと聞いてますか？　すごくタイトなチノパンを穿いてるんです。仮に今、息子が右寄りだとして、それをどうにかして逆に寄せたら今度は左寄りですよ」

「上向きにすればいい」

「竿だけならそれもありでしょう。でも、玉袋まで上に持ち上げて収めるスペースなんてないし、第一、そんなことをしたらそれもまたはち切れんばかりのもっこり具合ですよ。ボタンフライのボタンがひとつふたつ、吹っ飛んじゃうかもしれない」

平尾は心底うんざりした様子で顔をしかめると、またキッチンタイマーへ目をやり、それが五分〇五秒、〇四秒、〇三秒、〇二秒と残り時間を減らしていくのを眺めた。そして肩でひとつ溜息をついた。

「なんでそんなチノパンをコーディネートに取り入れたんです？　サルエルパンツは選択肢になかった？」

「サルエルパンツなんて持ってませんよ。チノパンは海外からネット通販で買ったら予想以上にタイトだったんです。セールでお得だったし、今の時代、試着しないで服を買うのはさほど珍しくもないでしょう？」

「分かりました。たしかイタリア製のチノパンでしたね？　つまり少なくともイタリア標準では何の問題もなく穿かれているはずです。とすると、たぶんあなたはイタリア人の平均以上にペニスも玉袋もご立派なんでしょう。スーパーマリオもびっくりのキノコをお持ちっていうわけだ。次からはウエストが緩いのは我慢して、ワンサイズかツーサイズ大きいのをお求めになるべきですね」

「話を逸らさないでください。僕は何も股間の窮屈さを解決するための偉そうなアドバイスなんて求めていません。ただ単に右か左かどっちかに偏っていて、それはいったいどっちでしょうとクイズを出してるだけです」

「……なるほど」と平尾は感情を押し殺した声でつぶやき、空いている方の手で旋毛《つむじ》辺りの頭髪をゆっくりと逆立てた。「それを当てたらどうなるんです？　何か貰える？」

「いえ、何も」と謎の男は屈託なく言って、微かに苦笑した。「何か欲しいんですか？」

「いや、少なくともあなたから貰いたいものは何もありません」

「そうですか。じゃあ、何でもご質問をどうぞ」

平尾は携帯端末をいったん横顔から離すと、その画面を険しい目つきで睨みつけてから、また溜息をついて横顔にあてた。そして不機嫌そうに唇を舌先で湿らせた。

「心臓のある側ですか？」

「……そういう、直接的な質問は禁止だと言ったはずです」

「あと四分ちょっとしかないんです。申し訳ありませんが、今日はこの辺でお開きにしてレトルトのソースをチンさせてください」

「話しながらできるでしょう？　何のソースなんです？」

「パスタのです」

「どんな種類のパスタソースかっていうことですよ」

「あなたには関係ないでしょう」と平尾が少しばかり語気を強めると、謎の男は明らかに黙り込んだ。平尾はまた溜息をつき、キッチンタイマーを見た。残り三分五十六秒。さらに減って五十五秒、五十四秒、五十三秒。「あなたは……あなたは右翼ですか？　左翼ですか？」

「特に、どちらにも偏ってはいないと思いますね。もちろんニュートラルというわけじゃありませんけど、ひとくくりには言えないというか……そういう単純な分類は古いと思いますよ」

「分かりました」と平尾は不愉快そうな鼻息交じりに言って、音量を最大にした携帯端末を流し台の上に置いた。そして引き出しから料理バサミを取り出すと、それでもってレトルトのソースの封を切りながら、決然と口をひらいた。「ずばり切り込みましょう。あなたのペニスは左右どちらに曲がっていますか？」

「なるほど、なかなかいい質問かもしれませんね。たしかにペニスは曲がっている方に偏りやすいですから」と謎の男は感心した口ぶりで言った。「でも、自然にはそっちに偏りやすいからこそ、パンツやズボンを穿く時は意識的に、逆に寄せる癖がついているかもしれない。右利きのピッチャーが身体のバランスを崩さないよう、トレーニングでは左手でもボールを投げたりするように……」

「御託はいいからさっさと答えてください」と平尾は冷静に言って、レトルトのソースを深さのある耐熱皿の中に絞り出した。「ご子息はどっち曲がりですか？　これは直接的な質問ではないはずです。なぜならあなた自身がひとつ前に、曲がりから現在の偏りは必ずしも導き出せないという趣旨の発言をしたばかりですからね」

「恥ずかしいな……」と謎の男はわざとらしく照れてみせた。「でも、答えましょう、左曲がりです。たぶん、右利きで右手でマスターベーションをするせいですね、そっち側から圧力をかけてこすりますから」

「ビンゴ！」と平尾は俄然興奮を帯びた声で叫んだ。「これで分かりました。あなたは与えてはいけない情報を与えてしまいましたね。左曲がりということはすなわち、今現在、あなたのペニスは左に偏っています。間違いなくポジションはレフト、疑いの余地はありません」

勝ち誇った口ぶりでまくし立てた余韻の中、謎の男は十秒かそこら、じっと黙りこくっていた。それからおもむろに、口をひらく湿った音が聞こえた。

「どうして、分かったんですか？」

「知りたいですか？」

「ええ」

「あなたはこの問題を提示する際に、偏っているのが落ち着かないと発言していました。私はそれをちゃんと覚えていたんです。そしてその後、あなたは自然には曲がっている方に偏りやすいからこそ、敢えて逆に寄せているかもしれないとも言って、姑息にも私を惑乱しようともした。しかしですよ、この二つの発言を合わせて考えれば、自然に曲がっている方に偏っているからこそ、落ち着かない、という推理が完成します。もし自然な曲がりによる偏りとは逆の方に意識的に寄せる癖があるなら、そちらこそが落ち着くポジションであり、従って、落ち着かないポジションは自然な曲がりの方ということになる。そしてあなたは左曲がりだと答えた。ということは、左に偏っているからこそ、落ち着かないということです。あなたは喋りすぎた。沈黙は金なりです。もっとも、こんな電話をかけてくる時点で沈黙もクソもありませんが……」

謎の男はすがすがしいように息を吐き出すなり、ちょっと笑った。

「見事な推理です。シャーロック・ホームズも真っ青ですね。しかしところが、正解は右です。右に偏っているんです。だから外れですね」

「嘘をつきなさい。この期に及んで負け惜しみですか？」

「嘘なんてついてませんよ」と謎の男は呆れた口ぶりで言い返した。「いいですか、僕はさっき、窮屈に偏っていて落ち着かない、と発言しました。左曲がりだからこそ意識的に右に寄せたものの、チノパンの股間部分があまりに窮屈なせいで、それでも落ち着かないわけです。つまり落ち着かなさの主要因は窮屈さであり、偏りではありません」

「そんなさもしい詭弁を弄して恥ずかしくないんですか？　あなたはどちらに偏っているかという問題を出して、その前口上として落ち着かなさをアピールし、あまつさえ私に男として共感を求めてきさえした。それなのに偏りは落ち着かなさに無関係とのたまうとは、いくら何でも卑怯すぎる」

「ちょっと待ってください、よく思い出してみてくださいよ。僕は偏り云々の前に、チノパンのタイトさを何よりもまず提示しましたよ。つまり、タイトすぎて窮屈で落ち着かない、という論理構成です。偏りはむしろ副次的な要素にすぎません。なぜなら、股間がタイトなチノパンを穿けば必然的に、どちらかに偏らざるを得ないからです。そしてどちらに偏るにせよ窮屈で、それが落ち着かないんですよ」

「そんなのは後出しで何とでも言えるでしょう！」と平尾は憤懣やるかたない口ぶりで吐き捨てた。「あなたみたいな人が増えているから、この国はどんどんダメになっていくんです。人当たりのいい物腰で口先だけ、屁理屈だけは上手いが、その実、人間として大切な芯に欠けている。一本芯が通ってないから、ペニスも曲がるんです」

「ふざけないでください。他人の人間性を否定して、しかもそれを身体的特徴に結びつけるなんてあなたこそ最低です。ペニスどころか、物の見方が救いようがないくらいに偏ってる」

「黙りなさい。第一、答えが左右のどっちだとしても、私にはそれを直接確認する手立てがない。完全にあなたの口先次第じゃないですか。そんなのはまともなやり方じゃない。初めからフェアネスなんて全然ない。量子力学よりたちが悪いと言われても仕方ないでしょう。それがあなたの本質です。仮に今からどこかで落ち合って実際にあなたの股間の偏りを私が直視したとしても、それは問題が提起されたまさにその時の偏りではない。今この時、本当は私が言ったように左寄りだとしても、すぐにでもそれを右に寄せられますから。もしかしたらもうすでに右に寄せているかもしれない。真実なんてありゃしない。仮にあったとしても、それはもう失われてしまったわけです」

「そんなに言うならこれからどこかで落ち合って、もう一回、勝負をやり直しますか？　僕は構いませんよ。ちなみに僕は今、都内にいます。そちらはどちらにいらっしゃいますか？」

「奇遇ですね、私も都内です。しかし、それ以上の個人情報をあなたに教える義理なんてありません」

「逃げるんですか？　ネットを通じたリアルタイムの映像の遣り取りでも構いませんよ」

「いや、結構です」と平尾はにべもなく断った。「もし今の勝負で私が勝っていたとして、その二度目の勝負で負けたら、勝率が下がる。私はあなたのペニスは左に偏っていた、つまり私が勝利したと確信していますが、仮に答えが右だったとしても、それを確認しようがないやり方で勝負を挑んだ時点で、あなたの負けです。公正さの観点からみて、どう考えても失格ですからね」

「僕は嘘なんてついてません、天地神明に誓って右に偏って――」

平尾は通話を終了した。そして冷たいソースの入った耐熱皿にそそくさとラップをかけ、電子レンジに入れて加熱し始めた。その直後、キッチンタイマーがけたたましく鳴り、すかさずそれを止めると、茹で上がった麺をざるにあけて水気を切った。さらに三十秒ほど待つと加熱が終わり、シーフード・トマトソースの入った耐熱皿を流し台に置くと、ラップを取り去ってそこへ麺をあけ、湯気の立つ中、フォークで慎重に混ぜ合わせた。

「まったく、馬鹿者めが……」

そう小声で吐き捨てながら、一糸纏わぬ平尾はくるくるとフォークに大量の麺を巻きつけ、持ち上げたそれを大口で迎えにいくようにして、物凄い勢いで貪るように啜り上げた。熱さにむせて咳き込みながら、股間に垂れ下がるペニスと玉袋がぶらぶらと揺れた。

お茶会

菱野時江はワンピースのドレスにボレロを羽織り、優雅な身のこなしでタクシーから降りると、歩道沿いのコーヒーチェーン店「カフェ・ベローチェ」に入っていった。いらっしゃいませ、と女性店員たちの美声に出迎えられながら、ＢＧＭとして控えめなピアノジャズの流れる店内をざっと見渡す。すると奥まった二人席のこちら向きに座ったまま、短く刈り揃えたごま塩頭の、サングラスをかけた褐色の肌の男がにこやかに片手を挙げた。時江もにっこりと微笑んで、小さく手を振りながら近づいていった。

「バラク、久しぶり！」

「こちらこそ久しぶり、トキエ！」

すらりとした背格好のバラクはすっくと椅子から立ち上がり、サングラスを左手で外すと、嬉しそうに目を輝かせて右手を差し出した。時江も汗ばんだ手のひらをドレスの太腿を覆う辺りでちょっと拭いて、その右手を差し出した。

二人はがっちりと握手を交わした。

「ちょっと先に、飲み物を注文してくる」と時江はカウンターの方を指さしてから、テーブルの上のマグカップに視線をやった。「バラクは抹茶ラテを飲んでるのね」

「ああ、ベローチェの抹茶ラテは最高だよ。味も良いし値段も本当に良心的」とバラクは親指を立ててみせた。「自分の国のチェーンだからあんまり悪く言いたくないけど、ここだけの話、スターバックスなんて行く奴の気が知れないね」

「あら、大統領を辞めて売国奴の本性を隠さなくなったのね」

時江は茶目っ気たっぷりに皮肉めいたウインクをくれて、注文カウンターの方へ歩き出した。バラクは快活に笑いながらまたサングラスを顔にかけた。


時江がマグカップの載ったトレイを運んできて着席すると、バラクはサングラスをちょっとずらして、その中身の褐色の液体を覗き込んだ。それは普通のブレンドコーヒーよりも若干、色が薄く見えた。

「時江はアメリカン？」

「うん、濃いコーヒーは苦手なの。というか、アメリカンって知ってるのね」

「ああ、日本生まれのアメリカンだろ？」

「そう、和製英語でね」と時江は微笑んで相槌を打ち、トレイに添えてきたコーヒーフレッシュを手に取って、シャンパンゴールドのマニキュアの塗られた指先でその蓋を剝がした。「バラクは……ケニア生まれだっけ？」

「いや、ハワイだよ。親父がケニア出身」

「ああ、そう言えばそうだったわね」と時江は思い出したように小刻みに頷き、左手につまみ持った小さな容器の中の、乳化された植物性油脂をアメリカンコーヒーに流し入れた。「それでお母さんがアメリカ人？」

「ああ、でももしかしたら、母方の先祖には宇宙人もいるかもしれない……」

バラクは急に深刻な表情になり、前のめりに手招きをすると、「エリア51って知ってるか？」とひそやかに囁いた。そして他人の聞き耳を警戒するように左右にすばやく目を配った。

「アメリカが二〇世紀、一国だけあんなに繁栄して世界の覇権を握ったのには何か裏があると思わないか？　俺も在任中は世俗の雑事で忙しくて詳しくは調べられなかったんだが、どうも開拓時代から少しずつ、宇宙人が移民してきてたらしい。ケロッグのコーンフレーク、マクドナルドにKFC、大戦後のハリウッドや音楽業界、IT革命以降のシリコンバレー……全部宇宙人の仕業だと考えるとしっくりくるし、政界に関しても、かのケネディはかなり知性の高い宇宙人のブレーンを抱えていて、そいつに逆らったから暗殺されたっていう話もある。たぶんドナルド・トランプももう本人は死んでいて、今トランプをやっているのは本当は宇宙人だと思う。でないとあんなアニメキャラみたいな奴が当選するはずがない」

「ちょっとバラク、そういうのは国家機密じゃない？」と時江はそわそわしながら小声でたしなめた。「抹茶ラテを飲んで落ち着いて」

「ああ、すまない」とバラクは肩でひと息つき、美味しそうに抹茶ラテを口にした。「でも、TPPがひっくり返されたのも保守派の宇宙人が自由貿易が銀河レベルにまで広がるのを恐れたっていう見方もあって、結構信憑性が高い気がするんだ……」

「ありえない話じゃないわね、今のうちに抑えとけばってことでしょ？」

　時江はにわかに思案を巡らせる顔つきになりながら、温かいコーヒーをひとくち啜った。それからしばらくの間、二人は隠された真実を詮索する話に夢中になった。


「やだ、もうこんな時間……」と時江は小一時間後、腕時計をちらと見て驚きの声を発した。マグカップのコーヒーはもう底から一センチほどしか残っていなかった。「そう言えば聞きそびれてたけど、何で急にお忍びで日本に来たの？」

「ああ、実はしばらく、この国で暮らそうかと思ってるんだ」とバラクは言った。「仕事も見つけてある」

「えっ、バラク、日本で働くの？　どんな仕事？」

「実は……」とバラクは答えかけて口ごもり、おもむろに舌先で唇を湿らせてから、意を決したようにまた口をひらいた。「ビデ倫で働こうかと思ってる」

「ビデ倫って……あのAVの、モザイクとかの審査機関の日本ビデオ倫理協会？　でも、たしかもうビデ倫はなくなったんじゃなかった？　かなり前に修整が甘くなって摘発されて、その後は別の団体になったとかで……」

「ああ、今は日本コンテンツ審査センターっていう社団法人が最大の審査機関で、そこで大半のＡＶが審査されてる。ところがここだけの話、そろそろ日本でも無修整を解禁しようっていう水面下の動きが極秘にあって、そのためにビデ倫を復活させて公的機関としてお墨付きを与え、そこの初代トップに変革の象徴として俺を据えようってことになったんだ。企んでる官僚と超党派の議員連中の話では、モザイクを外す代わりに直視税っていう新しい税金を導入して、成人した国民全員に均等に負担させる方針らしい。どうやらそれを財源に子育て世帯を強力に支援するっていう寸法みたいでね。成人年齢を十代に引き下げたのも実のところ、先手を打ってその課税ベースを広げておく狙いがある。たぶん最終的には十五歳まで下がるはずだよ、その年齢なら十分に精通可能だから。もちろん実情はポルノ税なわけだから本当はコンテンツの値段に反映させるべきなんだが、ネットに違法アップロードされた無料動画を鑑賞する無法者ばかりというのがこの国の実態だから、そこはやむを得ない。それで昔のビデ倫はちゃんとモザイクがかかってるかどうかを審査したわけだけど、今度はちゃんと無修整になってるかどうかを審査する。さらに挿入中に男優のケツばかり映す作品も厳しく取り締まる」

「それはこの国の文化にとって、何よりも大きなチェンジになりそうね……」

　時江は興奮を帯びた声でつぶやき、まだ信じられないという面持ちでごくりと唾を飲み込んだ。バラクはふっと笑みを漏らした。

「ああ、在任中にＰＲＩＳＭ（アメリカ国家安全保障局の通信監視システム）の件でビッグ・ブラザー呼ばわりされたこの俺が、今度は監視や検閲じゃなく、むしろ解禁に携わることになるとは皮肉だよ。でも、この国のほぼ完璧な銃規制や国民皆保険制度にかねてから憧れと尊敬の念を抱いてきた俺としては、前からモザイクだけはどうしてそんな前近代的なことをするんだろうって遺憾だったから、それを撤廃することに関われるとしたらこれ以上の喜びはないと断言できる。これまでの歴史を変える、本当に遣り甲斐のありそうな仕事だよ」

「でも……本当に変われるかしら？」と時江は不安げにつぶやき、おもむろにマグカップを手に持って、残りのコーヒーを飲み干した。「長年にわたって無益でおぞましい隠蔽に固執してきたこの国が、無修整っていう変革を受け入れられる？　真実を直視できる？」

「ＹＥＳ、ＹＯＵ　ＣＡＮ！」

バラクはそう力強く答え、微笑んでポケットから取り出した携帯端末を操作すると、画面いっぱいに自撮りの勃起したジュニアを映し出して、それを躊躇《ためら》いなく時江の眼前に突きつけた。

その勢いで一瞬、ささやかな自由の風が吹いた。

visionary

経営者兼精神科医、城之内《じょうのうち》健作《けんさく》は追い焚きした熱々の氷結ストロング風呂に浸かりながら、キャップを開けてペットボトルのコントレックスを飲み、さらにそれを額からドバドバと降りかけた。汗だくの城之内の顔面を洗い清めながら、ＮＡＳＡの技術研究を応用して作られた美しいアルミダイヤカット缶が六つ浮かんだ湯船へ向かって、フランス産の高硬度ミネラルウォーターが流れ落ちていく。その姿をＮＨＫ取材班がカメラに捉えていた。

「無個性な入浴をされる方から見たら異常と思われるかもしれませんね」と城之内はカメラに向かって笑う。「しかし、これは私にとってとても大切な時間なのです」

浴室の外、洗面台の片隅には『入浴の多様性——シャワーだけで済ませたくない！』と題字の躍った台本が置かれている。明らかにドキュメンタリー番組の取材撮影だった。

「私は一応、精神科医の端くれなのですが、現在ではもう診療はしていません。もっぱら理事長を務める医療法人、精神科単科病院の経営にあたっています」と火照った顔の城之内はカメラ目線で語り、またコントレックスを飲んだ。「経営者というのは大抵、やたらと早起きして自宅の周囲を小一時間かけて散歩したり、高級ジム通いをしたり、愛人とＳＥＸをしたりして、汗をかきたがるものです。自分は現場で汗を流していないから、その代償行為として」

「城之内さんの場合、それが？」とディレクターが全開のドアの外から合いの手を入れた。

「入浴です」

なるほどと頷くディレクターの前では、ずんぐりした体型のカメラマンがカメラを構えており、二人揃って開け放たれた浴室を覗き込むような格好になっていた。洗面台の鏡はうっすらと曇り、そこに映る光景も朦朧としていた。

「なぜ、お湯に缶チューハイを入れてらっしゃるんですか？」

「遊び心です」と城之内は爽やかに微笑んで答え、手のひらで氷結ストロング六缶分の混入した湯をたっぷり掬うと、それをピチャピチャと音を立てて舌先でつついた。「人工甘味料がたっぷり入っているから、ちょっと甘くなるんですよ。だから言わば、これは自分を甘やかしてやる時間でもあるわけです」

それから勢いよく啜り飲み、いきなり盛大に噴き出して激しく咳き込むと、それを自分で苦笑しながら、額にかかった濡れた前髪を両手で搔き上げ、ぴったりと後ろへ撫でつけた。そして口もとに悪戯っぽい微笑みを浮かべた。

「ではそろそろ、テレビに映せないことでもしますか」

城之内は湯船に浮かぶアルミダイヤカット缶をひとつ手に取り、そのプルタブを捻り切るようにして分離させると、浴槽の縁にチャカリと置いた。プルタブの取り去られた空き缶は再び湯船に浮かべた。続けてまた別の空き缶を手にすると、そのプルタブも取り外して浴槽の縁に並べ置く。城之内はそれを繰り返していき、ほどなく六つの空き缶すべてからプルタブを取り外すと、次にそれらを最後の缶の中に、ひとつずつ入れていった。そして六つのプルタブを残らず飲み口から落とし込むと、その缶を左手に持ったまま、首にかかった黒紐のネックレスの先端の、十字型の金属を右手でつかみ、おもむろに口もとに近づけた。

「VAMO《ヴァモ》 LĀ《ラ》！」

突然の雄叫びを上げるなり、城之内はすばやく十字型の金属を口に咥《くわ》え、ピーピピピッピーッとけたたましく吹き鳴らした。それはサンバ・ホイッスルだった。と同時に空いた右手で湯に浮かぶアルミダイヤカット缶をひとつ取り、繰り返し吹き鳴らし始めた笛の音に合わせて、それを浴槽の縁にリズミカルに叩きつけ始める。ピーピピピッピ・ピピッピピッピ、ピーピピピッピ・ピピッピピッピピと吹き鳴らされる笛の音、それに合わせてカンッカカカッカ・カカッカカッカ、カンッカカカッカ・カカッカカカッカと打ち鳴らされるアルミダイヤカット缶の音、さらにそれに加えて、左手のプルタブ入りの缶もシャカシャカと振り鳴らし始めた。

ホイッスル、パーカッション、シェイカーの一人三役をこなして忙しなくサンバのリズムを奏でながら、湯船の中、城之内は上体をノリよく揺らしまくり、そうかと思うと突然、咥えていたホイッスルを吹き飛ばすようにして大口を開け、明らかにまた雄叫びを上げるべく、思いきり息を吸い込んだ。

「ＳＥＮＯＲＩＴＡＳ《セニョリータス》！」

腹の底から野太い声が響き渡るなり、ドタドタと足音が聞こえ、勢いよく脱衣所兼洗面所のドアが開け放たれた。見ると情熱的な赤い布地にスパンコールがちりばめられたミニ丈の、胸下に短冊状の房飾りが垂れるキャミソールを着たダイナマイトＢＯＤＹのブラジル娘が二人、快活そうな微笑みを湛え、切りっぱなしの裾が短すぎるデニムのホットパンツから肉がはみ出た尻を振り振り、小刻みなステップで踊り入ってくる。色とりどりの宝石のあしらわれた首飾り、銀光りするヘソのピアス、ミニ丈のキャミのスパンコール飾りが照明に反射して煌めき、胸下に垂れる房飾りが揺れに揺れ、どう見てもノーブラのまろやかで張りのある乳房、たっぷりと豊かな尻肉も着衣から溢れ出さんばかりにぷるぷると揺れまくる。カンッカカカッカ・カカッカカッカと引きも切らずに打ち鳴らされるパーカッション、そしてシャカシャカシャカシャカと振り鳴らされるシェイカーの合奏がその女体の躍動を浴室内から煽り立て、するとノリよく踊るブラジル娘二人は揃って首の後ろに手をやり、そこで結ばれていた紐を引っ張りほどいて、背中丸見えのホルターネックだったミニ丈のキャミをはらりと脱ぎ捨てた。ぽろんぽろんと続けざま大ぶりの乳房の果実がこぼれて、ブラジル娘二人はくねくねと扇情的に腰を揺らしながら、両の手のひらを左右の乳頭にそっとあてがって円を描き、ピンクアーモンド色の乳首をつんと立たせる。その姿をＮＨＫ取材班がカメラに捉えていた。

いまやトップレスのブラジル娘二人は妖艶な微笑みでウインクすると、ディレクターとカメラマンの頬に順繰りにかるくキスをくれて浴室に入り、二人だけでほぼ満杯の洗い場の上、それでも小刻みにステップを踏み、尻を振りまくり丸出しの乳房を揺らして情熱的に踊り狂う。城之内はその女体の躍動を微笑んで横目に見上げながら、なおも右手のパーカッションと左手のシェイカーをリズミカルに奏でていたが、そこでブラジル娘二人はすっと両手を前へ差し出したかと思うと、あでやかに腰をくねらせつつ、左右の手で交互に宙を撫で上げるような、誘惑めいた手招きをみせた。それは明らかに城之内に立ち上がるよう促していた。城之内はその手振りに誘われて、湯船の中、浴槽の縁を叩く右手の缶を不意に止めると、左手のシェイカーだけシャカシャカ振り続けながら立ち上がった。するとブラジル娘の片方は城之内の頬にかるくキスをくれて、その首にかかったサンバ・ホイッスルを奪い取り、もう片方の娘も反対側の頬にかるくキスをくれて、城之内の右手からパーカッションに用いていた空き缶を奪い取り、さらに湯船からもうひとつ空き缶を手に取った。

「VAMO《ヴァモ》 LĀ《ラ》!」

　今度は娘二人が笑顔で叫び、それを合図に、片方はホイッスルを咥えて吹き鳴らしながら、もう片方は両手のアルミダイヤカット缶をぶつけ合って打ち鳴らしながら、揃ってまた生き生きと躍動的に踊り狂う。二人は明らかに城之内を挑発しており、胸を前に突き出しては乳房を揺らし、尻を横に突き出しては腰をくねらせ、悩殺するような目配せを送り、茶目っ気と色気たっぷりに、ちろちろと唇の合わせ目から舌先を覗かせる。すると堪らず、城之内もその場で踊り出した。ざぶざぶ飛沫《しぶき》を撥ね上げて膝まで湯船に浸かる両脚でステップを踏み、左手のシェイカーは依然としてシャカシャカ振り鳴らしながら、空いた右手でもって、股間に垂れるペニスと玉袋をリズミカルに弾き揺らす。ブラジル娘二人は愉快そうに黄色い声を上げて笑って、それから反撃とばかりに、パーカッションの娘はくるりと半ば背を向けて、城之内の股間の方へ突き出した尻をぷるぷると振りまくり、ホイッスルの娘は左右の手で乳房を抱え持ち、まるで谷間に何か挟み込むようにして、それを上下にゆさゆさと揺り動かす。すると今度は城之内が声を出して笑う。ピーピピピッピ・ピピッピピッピピと繰り返し啼《な》くホイッスル、カンッカカカッカ・カカッカカッカカと引きも切らずに打ち鳴らされるパーカッション、そしてシャカシャカシャカシャカと絶え間なく振られるシェイカーが互いに互いを煽り立てながら、二対一の、雌雄の身体がひたすら熱狂的に祝祭的に踊りまくり、湯が飛び散り、汗と笑顔が輝き、乳房も尻もペニスも玉袋も揺れて、そのペニスはいつしか急角度にそそり立っている。その姿をＮＨＫ取材班がカメラに捉えていた。

「VAMOS《ヴァモス》！　VAMOS《ヴァモス》！」

　すっかり興奮した城之内は左手のシェイカーの振りを激しくしながら、とうとう右手で完全に勃起したペニスを握り、それも激しく扱《しご》き始めた。ブラジル娘二人は目を丸くして、噴き出しながら互いに見交わすと、片方は尻をより突き出して浴槽の縁にのせ、もう片方も洗い場に膝をついて乳房をその隣にのせ、それぞれの部位をぷるぷると震わせて挑発しながら、明らかに待ち受け始める。城之内は両手がほぼ同じ動きで激しくシェイカーを振りペニスを扱きながら、眼下に陳列された肉感的な尻と乳房の、どちらの谷間も選べないとばかりに両者を忙しなく交互に見やり、そのうちに突然、その光景を網膜に焼き付けんばかりにぎゅっと目をつむると、ああっと極まった喘ぎ声を漏らして股間を突き出した。その瞬間、シュバッ、シュバッと勢いよく立て続けに精液が飛び出、どくどくとペニスが脈打ち、城之内は想像を絶する快楽に気を失いそうな、白んだ表情でだらしなく口を開け、ひくひくと腰を痙攣させた。それからおもむろに、全身の力が抜けたような、中腰の前屈みの姿勢に縮こまり、薄く目をつむりペニスを握り締めたまま、しばらく身じろぎひとつしなかった。

そっと目を見ひらき、しんと静まり返った浴室に直面すると、そこにはブラジル娘の姿など影も形もなかった。ドア全開の浴室の外を見やっても、NHK取材班の姿など見当たらない。怪訝そうに眉をひそめて氷結ストロング風呂から上がり、浴室の外に半歩出てみるも、やはり露出度の高いブラジル娘二人も、ディレクターもカメラマンも存在せず、洗面台の片隅には台本など置かれていなかった。サンバ・ホイッスルもどこにもない。

「気のせいか……」

城之内はふっと苦笑を漏らしたのも束の間、急に恐ろしいほどに醒めた表情になり、股間の萎えたペニスを見下ろして、それを根元から、きつい指の輪っかでひと扱きした。亀頭の先端にじわっと透明の残液が滲んだ。城之内はもう片方の手で洗面台の片隅に置かれていた携帯端末を取ると、足元を注意深く見回しながらまた洗い場に入り、浴槽と反対側の壁へ目をやって、その下方を舐め回すように凝視した。するとゼリー状の精液がべっとりと付着していた。城之内は右手で携帯端末のカメラ機能を立ち上げ、そこへ向かって構えると、ピントが合うなり、カシャッ、カシャッと立て続けにシャッターを切り、どろりと垂れ落ちた白濁した精液を撮影した。そして今しがた絞り出した残液を左手の中指ですくい取り、すぼめた口先で味見しながら、右手の携帯端末を操作して、料理レシピ投稿サイトのマイアカウント画面をひらき、レシピのタイトルに「塩麹」と打ち込んで、撮りたての画像を投稿した。

活字市場

菱野時江は夜明け頃、むくりと起床して枕元の携帯端末を手に取り、看護師向けのスケジュール表を確かめた。昨日の「休み」と明日の「明け」に挟まれた今日は「夜勤」となっており、その備考欄には何も記されていない。あくびをしながらベッド脇のカーテンを開け、外を眺めやると林立するビルやらマンションやらの上、ほのぼのと明るむ空は気持ちよさそうな快晴の兆しを湛えている。一方、室内の卓上には乱立する酒の空き瓶と空き缶のほか、大量の乾き物の残骸、カップ麺とカップアイスの重なった空き容器が見え、いささか食生活荒廃の様相を呈していた。「昨日は飲みすぎた……」と時江はその惨状を横目につぶやき、やや頭が重そうに洗面所に入って鏡の前に立つと、そこに映る自分のむくんだ顔を死んだ魚のような目で眺めながら、ハリツヤのない頬にそっと手先をあてた。「字味に富むものでも摂取するか……」

約三十分後、手早く身なりを整えた時江は自宅マンションを出、最寄り駅の改札をピッとくぐって、まだ快適に空いている地下鉄に乗り込んだ。それでも平日ゆえ、早朝出勤の勤め人がぽつぽつと間を空けて座席に陣取り、いずれもスーツやビジネス向けコートなど折り目正しい格好をしている。一方、時江はシャンパンゴールドのジャージに白いレザースニーカー、立体マスク装着のうえ野球帽を目深に被り、やや異彩を放つ風体だった。少しばかりそのツバを上げて車両を端から端まで見渡せば、他の乗客たちは居眠りは別として、携帯端末をいじっている者が圧倒的に多く、仕事の書類や勉強のテキストらしきものを読み込んでいる姿も見受けられたが、本や雑誌をめくっているのは斜め前のたった一人――それも怪しげな脳科学者による安手の自己啓発本のようだ。時江はやれやれとばかりに溜息をつき、リュックから一流文芸出版社発行の週刊誌を取り出すと、心が汚れるようなゴシップやスキャンダルを扇情的に書き立てた下品な世俗感満載の誌面をひらき、目を閉じて瞑想に耽り始めた。

やがて別路線の地下鉄に乗り換え、数駅を経て「活字市場」に到着した。駅近のコンビニに立ち寄り、景気づけに「1日分」と銘打たれた野菜ジュースを飲み干すと、時江はポエムや名言の豊富な一般向けの場外市場には見向きもせず、さっそく塀に囲まれた場内に入り、活きのいい文字の連なりを買付人に向けて箱売りする仲卸業者たちの店を見て回る。とりわけ賑わう時事屋には「不倫」「暴走老人」「薬物」「ブラック企業」といった豊作の文字列が躍り、経済商店には「デフレ」「緊縮財政」「人口減少」「超高齢化」といった気が滅入る文字列がてんこ盛りで、おのずと今の世相が伝わってくる品揃えを横目に眺めながら、時江は人波に乗り、市場の看板かつ中核をなす社会経済系の売り場を通り抜けていく。そのうちにテクノロジーやビジネスの界隈に入り、「ＡＩ」「ＶＲ」「シンギュラリティ」「火星旅行」といった文字列が飾られた未来御伽噺店、「ストーリー」「共感」「感動」「ソーシャル」といった文字列が前面に押し出されたマーケティング商店に冷ややかな一瞥をくれて素通りした直後、時江はふとビジネス用語産の前に立ち止まり、「アサイン」「コミット」「ペンディング」「KPI」といった文字列の盛られた箱々のひとつから、物慣れない手つきで「アサイン」を取り上げてみた。じっと見つめながら首をひねり、箱にそっと戻した。それから時江はさらに奥の、より取り扱いに注意を要する品々の売り場に進んでいった。

顔の下半分を覆うマスクの下、「雰囲気」「出生率」「殺生」「古文書」といった文字列をぶつぶつ音読しながら誤読屋を通り過ぎると、その隣には誤用屋もあり、「すべからく」「確信犯」「役不足」「憮然」といったお馴染みの文字列が目白押しだったが、それらに混じって「アナル」売りの箱が見え、時江は俄然驚いた表情で覗き込んだ。よく見ると「名詞産」と書かれた札が添えられており、たしかに誤用屋の取り扱いで間違いなかった。その先の差別語屋には「土人」「気違い」「ジャップ」「ホモ野郎」といった文字列が並んで誰も寄りつかず、罵倒語屋は「クソ」「クズ」「カス」「ゴミ」「バカ」などを含む文字列ばかりで、あまり多様な取り揃えとは言えなかったが、Tシャツ業者向けか、「FUCK」「SHIT」「SUCK」「CUNT」などを含む英語産の、どこか活を入れられるような文字列も見受けられた。とはいえそれらを眺めるうちに、時江はやや刺激がつらそうに目をしばたたかせ、リュックの外ポケットから黒塗りのようなサングラスを取り出すと、有害な線を選択的に不可視化するそれをかけて、その種の店の並びを通り過ぎた。そしてさらに奥へ進んでいった。

ほどなく時江はひょいと爪先立ちになり、ツバを後ろ向きに野球帽を被り直しながら奥の行き止まりの片隅を見渡すと、あった、と小さく声に出すなりすたすたと歩み寄って、ピンクの箱が目印の卑猥語屋の前に立ち止まった。サングラスを前頭部に上げて目を輝かせながら、陳列された品々をひとわたり眺め回す。すると特に目立って「熟女」という文字列が色めいていた。

「おっ、お嬢ちゃん、随分と色気のある格好してるね」と店主が気さくに話しかけてきた。

「何かお探し？」

「何か精のつくものでもあるかなと思って」と時江はマスクを顎に下げ、照れ臭そうに微笑んだ。「熟女がいっぱいですね」

「うん、これがまあ今の潮流だね。熟女、それと人妻が多い」

「へえ、私はまだどっちでもないからなあ……」と時江は悩ましげに言って、腰を屈めて両手を膝に置き、豊富な品揃えをじっくりと眺め回した。「でもやっぱり、この辺のＡＶ産のやつは活きがよさそうですね」

「あからさまに破廉恥で品性下劣だからね。やっぱりこの分野が本来、言葉に一番力があるんだよ。ただ正直、全然儲からないんだけどね、ネットのせいで……みんなちゃんと有料サイトにお金を落としてくれればいいんだけど、もうモラルが崩壊してるっていうか、そもそもそんなものないんだろうね……」

悲しげに嘆息する店主を見て、時江も神妙な面持ちでうつむいたが、しかし束の間の沈黙の後、気を取り直すように顔を上げた。「あの、この辺のやつ、そこそこの量をまとめ買いしたいんですけど、詰めてもらったりできましたっけ？」

「ああ、いいよ。ただし全部タイトル売りで単語ごとのバラ売りはなし」と店主は答え、後ろから空き箱を取った。「言ってくれればこれに詰めてくから」

時江はこくりと頷き、顎に手先をあてて眼下の盛り沢山の文字列を見定めていった。

「ええと、じゃあまず、この『パン透けデカ尻タイトスカートの肉感ＢＯＤＹ人妻限定　もうタマらん!!　桃尻観察で奥様発情&勃起カッチコチ!!　我慢限界でチ○ポをズボ挿入で問答無用の中出し決行!!』と、この『アジア大会準優勝アスリート人妻　超人軟体ボディびっくびく仰け反り性交』も。それとこの『媚薬浣腸エビ反り噴射ＢＥＳＴ』と『本気汁が白濁するまでイカされるねっとり濃厚ファック』もください。あ、あとそこの巨乳ＯＬのやつとエロハプニングのやつも。それとマジックミラーの美容部員のやつと、あとその……」

卑猥な言葉の連発にさすがに頬が赤く染まり、途中から省略して呼ぶようになりながらも、時江はすっかり目利きの顔をして次々に指さしていき、店主はそれを手際よく箱に詰めていった。

「ああ、なるほど、お嬢ちゃん通だね……」とやがて店主はにやりとして、ついと時江の前を離れると、周囲から見繕ってきた二タイトルを勝手に包んで追加した。「いっぱい買ってくれるから、これはおまけ。片方はちょっと訳あり品だけど、気にしないなら普通にいけるから」

「いいんですか？」

「いいよいいよ。少し色も付けとくから」

「ありがとうございます！」

それから時江は店の奥の帳場に行き、リュックから『学問のすゝめ』と『福翁自伝』を取り出して支払うと、お釣りに『たけくらべ』一冊と野口英世の伝記三冊を受け取った。


帰宅した時江はうがい手洗いを済ませるなり、さっそくジャージの上を脱ぎ、代わりにエプロンをつけて台所に立った。そして箱の中から購入した活字群をひとつひとつ取り出しては俎上にのせ、切れ味鋭そうな出刃包丁を手に握る。まず『パン透りデカ尻タイトスカートの肉感ＢＯＤＹ人妻限定　もうタマらん!!　桃尻観察で奥様発情&勃起カッチコチ!!　我慢限界でチ○ポをズボ挿入で問答無用の中出し決行!!』の「パン透けデカ尻」の直後に切っ先をあて、手前から奥へ滑らせるようにして、ぐぐっと切り込んでいった。さすがに肉厚の手応えがあり、力をこめてそこを切断した後、今度は「タイトスカートの肉感ＢＯＤＹ人妻限定　もうタマらん!!　桃尻観察で奥様発情&勃起カッチコチ!!　我慢限界でチ○ポをズボ挿入で問答無用の中出し決行!!」のイとトの間に刃先をあて、同じように切り込もうとするも、異様な硬直感があってろくに刃が入らない。そこで時江は重々しい厚刃の中華包丁に持ち替えると、躊躇なくそれを振り下ろして刃先をざくっと食い込ませ、食い込んだまま持ち上げて、補助の手を上から添えてまな板にがつんと叩きつけた。「本当にカッチコチ……」と文句ともなくつぶやきながら、気色ばんで何度か叩きつけるうちに、どうにかこうにか切り離すことができた。時江はふうと溜息をつき、切り取った不要な部分はごっそりゴミ箱に捨てると、次いで『アジア大会準優勝アスリート人妻　超人軟体ボディびっくびく仰け反り性交』の三文字目の前に刃を入れて、頭二文字を切り取った。これも残りの部分は廃棄した。『媚薬浣腸エビ反り噴射ＢＥＳＴ』と『本気汁が白濁するまでイカされるねっとり濃厚ファック』は双方ともによく洗ってから、狙い定めたところを切り取り、やはり残りはゴミ箱に放り込んだ。さらに『サバサバしたムチムチ巨乳ＯＬ　最初は余裕たっぷりだったのが、寸止めされまくって限界チ●ポ堕ち！』からも、『単刀直入！　マンコ見せて下さい!!　サーモンピンク&ショッキングピンク』からも一部だけを切り取った。『もう死んだってかまわない！　超ラッキーの連続で巻き起こるスケベ過ぎる一日！　鼻血が止まらないくらいの夢のエロハプニング続出！』は少し血抜きしてから、必要な部分を切り離した。『マジックミラーの向こうには職場の上司　ＳＥＸできたら即賞金!!　美人美容部員&営業マンが上司の目の前でオイルマッサージにチャレンジ！　不慣れな手付きにビクビク感じてしまう敏感ボディ美容部員ヌルヌル勃起チ○ポを素股してたら…』はそのほとんどがゴミとして切り捨てられたが、そのうえやけにヌルヌルして、不要部分を手づかみでゴミ箱に放り込んだ後、時江は石鹸でしっかり手を洗わなければならなかった。最後に『むちむち奥様ハメ撮りSP　肉厚トロトロ中出し編』にも慎重に包丁を入れた。

「豪華豪華……」

時江はホクホク顔で切り取った文字列を紙皿に盛りつけると、今度は箱の中から、おまけとして貰った包みを取り出してひらいた。すると『潜入裏風俗！　ワケあり美人若妻がタコ部屋に集う売春アパートヘルスで本番交渉!!』と『美熟女たちの潮吹きアワビ!!』が入っていた。なるほど訳ありの方から良からぬ部分をすばやく切り離して、もう片方は余分な潮を吹かせてから目当ての部分を切り取り、これらも紙皿に並べた。それから居間のテーブルを片付け、手早く布巾で拭くと、そこへ「タイ」「アジ」「エビ」「イカ」「サバ×２」「サーモン」「いくら」「うに」「トロ×２」「タコ」「アワビ」が一堂に会した紙皿を運んだ。ふたたび台所に戻ってインスタントの味噌汁をお椀に作り、どんぶりに白飯をよそって、チューブ入りの本わさびをたっぷりとそこにのせ、適量の醬油を回しかけた。そしてそのわさび醬油ご飯と味噌汁、さらに一膳の箸もテーブルに運んでいった。

「いただきます」

食卓についた時江は両手を合わせると、箸を持ち、紙皿にずらりと並んだ海鮮の文字列を味読しながら、わさび醬油ご飯をぱくぱく食べ始めた。タイは時間が少し経ったせいかカッチコチほどではなく、ほどよくコリコリとした肉感的な身となっており、アジは口の中でびっくりびく仰け反るような活きのよさだった。反りかえったエビは噛むと身の中から肉汁が噴き出てきて、白濁したイカはねっとりと濃厚な味わい、それらの合間に時江はわさび醤油ご飯を口に運び、インスタントの味噌汁を啜る。二切れ取れたムチムチのサバはほっぺたが堕ちそうな美味で、サーモンはやや気味悪いほどピンクがかっていたので脇にのけ、次にいくらを味わうとプチプチと口の中で弾け、ほどよい塩辛さの旨味がじわりと広がった。なぜか鼻血が出てきて、時江はしとやかにティッシュで拭き取り、千切った端っこを丸めて鼻の穴に詰めてから、今度はうにを玩味する。するとあまりに美味ゆえか味覚が敏感すぎるのか、全身があられもなくビクビクして、とても職場の上司には見せられない姿だった。その余韻のうちにわさび醤油ご飯をかき込み、おまけから切り取った訳ありのタコ、潮の香り漂うアワビも味読する。そして最後にいよいよ、時江はスペシャルな二切れの、肉厚のトロをじっくりと熟読玩味した。

「はあ、トロトロ……」

午後二時半、けたたましく鳴り出した音に時江はむくりと起床して、枕元の目覚まし時計を手に取り、側面のつまみを動かして静かにさせた。続けて携帯端末も手に取り、時間差で五分後に鳴る予定のアラームも消去すると、ベッドを降りてまっすぐに洗面所に入り、その奥の浴室のシャワーを出しておく。あくびをしながら下着を脱ぎ、洗い場に入る直前、ちらと洗面台の鏡へ眠たげな目をやると、やや間の抜けたあどけない表情ながらも、そこに映る顔は心なしかすっきりとしていた。

時江はすみやかに覚醒の熱い湯を浴び、髪から下へ順繰りに泡まみれにしては洗い流すと、やがて裸体を拭き頭にタオルを巻き、さっぱりした顔つきでまた洗面台の鏡の前に立った。そっと手先をあてると頬はもちもちしており、艶やかに上気した肌は透き徹ったような質感を湛え、瞳には精気がみなぎっている。時江はそれを見てほくそ笑みながら、たっぷりの化粧水を両の手のひらに広げ、しっとりと顔面に染み込ませた。

或るリスクテイカーの死

精神科看護師、山森《やまもり》正太郎《しょうたろう》は引き締まった筋肉質の裸体を闇に曝しながら、左右の手でマンション五階に位置する自宅ベランダの手すりを握り、金属製の柵の外側に宙吊りにぶら下がって、自分自身を持ち上げる懸垂運動を始めた。逞しい人体の重みがゆっくりと上下するのに合わせ、しっかりと屈伸する両腕が小刻みに震え、みなぎる力を振り絞るたび、んふっと悩ましげな喘ぎが喉奥から漏れる。向かい合う室内には飼い猫のザヴァスが無垢な瞳を輝かせて鎮座しており、閉じられたガラス戸越しに、興味深そうに飼い主の際どい筋トレを眺めていた。

その直後、ザヴァスがちょっと驚いたように目を見ひらいた。さらに次の瞬間、ドスンという鈍い衝突音が地上の方で響き、手すりにぶら下がる姿は跡形もなく消えていた。ザヴァスは束の間、動揺したように目をきょろつかせていたが、急にくるりと身を翻して少し離れた出窓にさっと飛び乗ると、そこのレースカーテンに下から頭を突っ込み、玉袋のしぼんだ尻隠さずの格好で、窓越しに薄暗い眼下を眺めた。ぼんやり街灯に照らされてこそいるものの、夜の地上との距離は測りがたく小さく見えた。

「ニャー」とザヴァスは小さく鳴き、また身を翻して床に飛び降りたかと思うと、今度は部屋の反対側の片隅に走り、少し後ろに引かれたままの椅子に飛び乗った。まだ微かに温もりの残る座面を確かめるように踏み締めてから、背もたれにぞんざいに掛けられた湿ったバスタオルに鼻先を近づけ、くんくんと匂いを嗅ぎ、しきりに嚙みつく。咥えたまま半ば引きずり下ろして、なおも齧《かじ》ったり踏んだりするうちにするりとそれは床に滑り落ち、ザヴァスはにわかに我に返って、ふと斜め上の、液晶一体型デスクトップＰＣの置かれた机を見やった。そしてひょいと一段、そこへ乗り上がった。すると点けっぱなしの大画面には動画共有サイトが映し出されており、手ぶらで高層建築の建設現場に登った三人のロシア人青年たちが、およそ怖じ気づく素振りもみせず、その足場で見事な逆立ちをしてみせたり、手すりから身を乗り出して遥か地上を覗き込んだりする映像がまさに流れていた。それは右上の枠にまとめて表示された再生リスト「yabai」の中のひとつで、タイトルに「climb」「tower」「crane」「insane」「extreme」「heights」などの入った動画が他にも幾つか、順繰りに自動再生されるのを待っていた。さらにその枠の下にはアルゴリズムによって選出されたお勧めの、視聴回数の多い衝撃映像の類の並びも見えた。

ザヴァスが明らかに気を惹かれてじっと映像に眺め入るうちに、青年の一人がこともなげに手すりを跨ぎ越え、両手でその横棒は握りながらも、自身の背面に何の囲いも介さず、縁ぎりぎりに足先を置いて立ってみせた。そしてカメラ目線でにやりと笑うと、ふっと足場から両足を離して、地上の街並みが薄くミニチュアに見えるほどの高みにぶら下がった。するとザヴァスは肉球に滲んだ汗を握るように爪先にぐっと力を込め、青年が不敵な笑みのまま下顎を強張らせ、命知らずの懸垂運動をし始めた途端、もう堪らず反射的に、オイとばかりに右の前足を突き出した。するとその前足が着地の瞬間、つるっと滑って傍らの小型無線マウスの横っ腹にぶつかり、弾かれた無線マウスも滑って床に落っこちた。ザヴァスはその落下音にびくっとした。と同時にその衝撃で何らかの操作が加わって、映像が不意に切り替わった。またびくっとしてザヴァスが画面を見やると、そこにはどこか海外のサバンナの、シマウマ二頭の姿が映し出されていた。

スピーカーから吹き荒ぶ風音が響く風景の中、シマウマの一頭がそろそろと草むらを歩き、もう一頭がぴったりとその後ろについていく。とそこで、後方のシマウマがひょいと両の前足を上げて前のシマウマの背に押っ被さり、その勢いのまま、細長く勃起したペニスをするりと巧妙に相手に挿し入れた。「ワーオ」と撮影者は驚きの声を上げたが、挿入された雌は無言のまま、のしかかる重みを逃すようにとことこと歩き続け、その動きに合わせて雄も乗り上がったまま、しっかりと後背位を維持しつつ、よちよちと後ろ足だけの歩行でついていく。いずれの腰も一切振られていないが、互いの先行と追随の微妙な足取りのずれによって、接合部に若干の摩擦が生じているようにも見え、とりわけ雄の方の尻尾だけが、激しく興奮したようにしきりに横に振られていた。

数秒後、不意に雄だけが立ち止まり黒々とした数十センチのペニスが引き抜かれたかと思うと、その両の前足がすたっと着地したのと同時に、いきなり雌のヴァギナから大量の精液がドバーッとダムの放水のごとく溢れ落ち、その間もとことこと歩き続けるのに従って、地面にバシャーッと白い線を描いた。

その時、ザヴァスは飼い主の落下など早くも忘れ去った驚愕の表情で、画面にのめり込まんばかりに額を近づけ、まじまじと映像に見入っていた。「オーマイガー」と撮影者も驚愕の声を漏らした。

市場原理

菱野時江は経営する牛乳寒天専門店「kantene-titi《カンテーン・チチ》」に面した歩道に立ち、ちらと下目に腕時計をたしかめた。まだ開店一時間前の午前九時半にもかかわらず、店の前にはひとつ先の角まで長蛇の列が出来ており、その誰もが皆、見るからに牛乳寒天を食べるのが待ちきれない様子で、連れとその味や食感について議論したり、配布されたリーフレットに目を通して生唾を飲み込んだり、あるいは店頭モニターに映し出された乳牛のホルスタインの、生々しい交尾風景にじっと見入ったりしている。その映像は最下部に字幕が付き、乳用牛も人間と同じく当然、妊娠しないと乳が出ないこと、それゆえ多くは毎年人工授精させ、五、六年程度で食肉処理されてしまうこと、しかしこの店の契約する牧場では草地に放牧して雄と自然交尾させること、負担をかけすぎないよう適切な休養期間を与えていること、それゆえ十年以上の平均寿命であることなどが説明されていた。「当店自慢の牛乳寒天は毎朝、東京郊外の牧場から届く搾りたての新鮮な生乳を使用してつくられています」

きちんと歩道の隅っこに寄った行列の中にちらほら、アジア系外国人観光客の姿も混じっているのを横目に眺めながら、時江は裏手に回ってこぢんまりとした店内に入り、大きく息を吸い込んだ。そして「グッモオォォォォォォォォォォォォォォォォォォォォーニン」とその「モオォー」のところで牛の鳴き声を真似た挨拶を響かせる。するとまさに牛乳寒天を仕込んでいる厨房、さらに客席の方からも「グッモオォォォォォォォォォォォォォォォォーニン」と伸びやかに野太く、その独特の挨拶がそっくり返ってきた。時江は満足げに目を細めながら、厨房と客席の方に出るドアを開けた。そちらで勤勉に立ち働く三人の従業員たちは制服として、白黒斑《まだら》の牛柄のコック帽とコックコートを着用しており、それが彼らの姿に小粋かつ愛らしい印象を与えていた。

時江はすみやかにレジ奥の金庫を開け、前日分の売上を引き出すと、客席のひとつに腰を下ろしてそれを数え始めた。真剣な顔つきで注意深く紙幣をめくり、すばやく電卓を打ち、その合間に店長が運んできた本日最初の、牛乳寒天を試食用のレンゲからつるっと飲むように口に入れて、その出来を確かめる。

「うん、いい味ね……」と時江は明らかに顔がほころぶのを我慢しながら、繕った厳しめの表情で言った。味見するレンゲは三つあり、ひとつ食べるごとに、別に用意されたお冷やを飲んで味覚をあらためて、またつるっと飲むように口に入れる。時江は最後の三つ目もよく味わってごくりと飲み込み、よしとばかりに力強く頷いた。「のどごしも最高。この調子で今日も固めて」

それからテーブルの隅の紙ナプキンを取り、口もとをぬぐって金の勘定に戻ろうとした時、傍らに佇んだままの店長が、思い詰めたような硬い表情で口をひらいた。

「あの、オーナー……」

「ん、何？」と時江は微笑んで顔を上げた。

「ちょっとお話があって、この店の今後の方向性のことなんですけど……」

「方向性？」

店長は硬い表情を崩さず、無言で席を離れると、持ち帰り用商品の冷蔵陳列棚と一体化したレジカウンターの上から、店舗案内と商品紹介を兼ねたリーフレットを取ってきて、四折りのそれを時江のテーブルの上でひらいてみせた。

その表紙にあたる一面には「やさしい甘み　乳の濃く《コク》」という謳い文句と共に、美麗な純白の牛乳寒天の神々しい写真、そして「牛乳寒天専門店　kantene-titi《カンテーン・チチ》」という店名。二面には「私たちのこだわり」として、店頭モニターで流れる映像の字幕とほぼ同じ説明が縁取り文字で述べられており、その背景には人の手でぎゅっと搾られた雌牛の乳首の先端から生乳が激しく噴出している写真が、「※実際の搾乳は機械搾りです」という注記と共にあしらわれている。三面の品書きは専門店の看板に偽りなく牛乳寒天のみで、店内飲食用は「和三牛寒」「ミルク&ハニー」「乳味」の三種があり、それぞれ甘味料として、高級和菓子によく用いられる和三盆糖を添加したもの、契約養蜂家から仕入れる癖のない上品な蜂蜜を添加したもの、そして文字通り、生乳の味をそのまま活かした甘味料無添加のもの——とはいえその「乳味」の場合、所望すれば適量の和三盆と蜂蜜を別皿でもらうことも可能と付記されていた。それら三種はゼリー容器に真空パックされた持ち帰り用もあり、さらに四面では「大人気！」と銘打った持ち帰り専用商品として、分厚めのゴム風船を容器とした「母乳寒天」が紹介されていた。それはてんさい糖を使用した素朴な甘みで、食べ方の説明によれば、手のひらサイズの乳房のような風船の乳首状突起をハサミで切り、そこから牛乳寒天をチュウチュウ吸引するものだった。

「たしかに、うちの牛乳寒天はこの通り、オーナーの、とにかく牛乳寒天にこだわりたいという理想に従って、相当に良い物が出来ていると私も思います。うちの店の商品を食べた後、コンビニのＰＢ商品の牛乳寒天を食べてみたらはっきり不味いと感じたくらいだし、たぶんこのレベルの牛乳寒天を出す専門店は、全国津々浦々探しても、他にはまず存在しないでしょう」と店長は淡々と言葉を選ぶように言った。「でも残念ながら、牛乳寒天って地味すぎて、わざわざ外でお店に入ってそれだけを食べたいっていう人はほとんどいません。持ち帰りだって、一個三百円以上を牛乳寒天に、まして何のフルーツも入ってないプレーンなやつにはなかなか出せない。たしかに素材は良い物を使ってますけど、はっきり言って牛乳寒天なんて、誰でも家で簡単に、それなりに美味しく作れますから……」

　時江は何も言い返さず、心なしか唇を尖らせながら、怒ったような顔でうつむき込んだ。

「それなのに、メニューはドリンク以外、頑なに牛乳寒天だけ。そのドリンクも牛乳寒天の甘みとコクを味わってほしいからって、無糖のさっぱりしたお茶類だけです」と店長は次第に哀しげな口調になって続けた。「毎日行列が絶えない隣のパンケーキ専門店でさえ、専門店って銘打っていますけど、カレーとかロコモコとかの食事メニューがあったり、クレープっぽい生地でサラダやハムチーズなんかを巻いたのがあったり、パフェがあったり、バリスタが淹れるラテがあったり、実際にはパンケーキを主としたカフェっていう業態です。そのパンケーキにしたって、フルーツやソフトクリーム、チョコレートとかと組み合わせて色々なバリエーションがあるし、見た目にも彩りがあったり、豪華だったり、お客さんを惹きつける要素がある。でもうちは……」

レジカウンターを拭いているアルバイト店員がその手を止めて、緊張した面持ちで耳を澄ませていた。客席から丸見えのガラス張りの厨房で牛乳寒天を作っているもう一人のアルバイト店員も、ちらちらと心配そうに時江と店長の方を見やった。

「オーナーの目には、あの行列の人たちも本当は牛乳寒天が大好きで、まだお店で食べる習慣がないだけで、恥ずかしがってるだけで、そのうちみんな、堰《せき》を切ったように一気に鞍替えしてこっちに雪崩れ込んで、日がな一日、馬鹿みたいに行列を作り始める……そんなふうに見えるのかもしれません。でも、私たちが外に出ていくら声がけしても、リーフレットを配って勧誘しても、ぜんぜん芳《かんば》しい反応なんか返ってこないし、誰も牛乳寒天を求めてきません。開店して二ヶ月弱、一日平均、お客さんは十人から十五人がいいところ……それも他は混んでるから、座れるからってふらっと立ち寄った、歩き疲れた中高年の方とかばっかりで、まったく牛乳寒天目的じゃない……」

「それはまだ――」と時江は勢いよく言い返しかけて、ぐっと下唇を噛み締めると、何度も何度も数えた千円札三枚の売上を持った手を震わせながら、心底悔しそうに小鼻を膨らませた。

「世間が、追いついてないから……」

店長はふっと溜息をつき、子供を諭すような顔になった。

「たとえばせめて、季節の美味しいフルーツを牛乳寒天に混ぜるとか添えるとか、そういう方向はどうでしょうか？　あるいはむしろ、半分フルーツパーラーになるのも手だと思います。酸味のあるフルーツがうちの牛乳寒天と合わさったら最高だし、フルーツと一緒にミキサーにかけて飲む牛乳寒天を作ったり、凍らせた牛乳寒天にフルーツを盛り沢山載せて鹿児島のしろくま風にしたり、そういうバリエーションがあったら、お客さんも呼び込めるんじゃないかと……」

「そういうのはダメ」と時江は即座に首を振り、リーフレットをかるく手先で叩いて、醒めた目をした店長をキッと射抜くような眼差しで見つめ返した。「思い出して、うちがどういうお店なのか。牛乳寒天専門店。シンプルな牛乳寒天しか出さない、こだわりを貫き通すの。フルーツを混ぜるだとか添えるだとかなんて一番安易」

店長はにわかに苛立ちを露わにして、小さく舌打ちを響かせた。

「でもじゃあ正直、うちの店このままでいつまで持つんですか？　お給料、ちゃんと払ってもらえるんですか？　慈善事業やってるわけじゃないでしょう？　私だって別に今すぐ辞めてもいいんですけど、それだと沈む船から一目散に逃げ出す卑怯者みたいだから、こうやって少しでもどうにかしようと、改善策っていうか、起死回生のチャレンジを提案してるんです。そりゃあプレーンな牛乳寒天がバカ売れするんならそれが一番ですよ。痛快ですよ、何せ単なる牛の母乳を固めただけのものなんだから。でも現状、それだと全然――」

「あー、もうそれ以上言わないで！」

　時江はぎゅっと目をつぶり左右の手でそれぞれの耳を塞いで、嫌々をするように激しく首を横に振った。そして眉間に深い皺の寄った悲愴な面持ちでうつむき、両手で頭を抱えながら、自分の殻に閉じ籠もるように黙り込んだ。

「オーナー」と店長が決断を促す冷酷な声で言った。

　時江は両手で押し潰さんばかりに自分の頭を抱えたまま、今にも泣き出しそうに顔をゆがめて、怯えたように肩をがくがくと震わせ始めた。そして絶望的な溜息を重く吐き出した。

「ちくしょう、夢もこれまでか……」

mimēsis《ミメーシス》

株式会社集英社の若手文芸編集者、稲松叶夢は休日出勤した自社ビルの文芸フロアでたった一人、定価三十五万のレザージャケットを羽織って上司の席に座り、自社の文芸誌の最新号に目を通していた。その眼差しに二十代とは思えぬ深遠な知性を湛えながら、脚を組んだ膝の上にひらいた誌面をぱらぱらめくり、ときおり目の前のデスクに手を伸ばしてグラスを取り、オンザロックのバーボンを口に含む。

「ひと仕事終えて、誰もいない職場で飲む酒は美味いな……」

芳醇なバーボンの香りの入り混じった吐息をつき、引き続き寛いだ様子でぱらぱらと誌面をめくるうちに、稲松はふと目の色を変え、ぴたりと手を止めて、めくり過ぎかけたコーナーにもう一度、舞い戻った。それは旬の「演劇」「美術」「映画」がそれぞれ見開きで取り上げられている文化レヴューのコーナーだったが、その「美術」のページに「恥丘写真の魅惑――菱野時江処女写真展――」と題された論評が掲載されている。

「恥丘……写真？……」

見開き右ページの下部には解像度の低い白黒ながら、その個展の一作品と思しき写真が小さく印刷されており、思わず誌面に顔を近づけて凝視すると確かに、下方にひとすじの切れ込みが入ったもっこりとした膨らみが見て取れる。稲松は我知らず興奮気味に鼻息を漏らすと、新しい才能に餓えたような目をぎらつかせながら、気鋭のキュレーターによるその論評を熱心に読み始めた。

自分自身を被写体として撮影すること、俗に自撮りと呼ばれる行為はこの二十一世紀初頭から、主にカメラ機能付き携帯端末の普及に伴って、ごく一般的となった。その結果としての自撮り写真もインターネット上に溢れかえっている。しかし技術の進歩がもたらしたその手軽さはプロメテウスの火のごとき側面を抱えており、性的に露わな写真を第三者の目に触れる形で無思慮に曝してしまうこと、とくに人格形成の未熟な未成年がソーシャルメディア等において、不特定多数の注目を集めるために自ら進んでそれを行ってしまうことはその意図せぬ拡散、プライヴァシー漏洩《ろうえい》の危険なども相まって、大変に由々しき問題である。何の問題もなくヘアヌード写真の被写体となりうる成人の場合でも、自撮りをそのまま曝す際には自己検閲が甘くなり、無毛ないし開帳された性器にモザイク等の隠蔽処理がなされていないことも多い。こうした写真の掲載や販売はわいせつ図画《とが》の陳列や頒布にあたり、古くは仮想空間と呼ばれもしたインターネット上の展示でも、警視庁サイバー犯罪対策課をはじめとした仕事熱心な官憲によって、無慈悲に逮捕される危うい可能性に満ちている。しかし倫理的、法的な諸問題を度外視して、あるいはそれに真っ向から挑戦しながら、その種の写真に美的、芸術的な価値を見出す表現者はつねにいた。

　中目黒にある新興ギャラリー、ＭＵＨＯＭＯＮＯで開催された菱野時江の処女写真展「剃りマンジャロ――かくも美麗なる恥丘――」はそのややおちゃらけた印象を与える個展名、そして看護師を本業とする全く無名の若い女性が自らの恥丘を「激写」したという事前告知から、まさに自撮り時代のカジュアルな露出感覚に基づくポルノまがいのものではないか、といった先入観をもたれてもおかしくはない。実際、期間中は十八歳以上しか通れない受付奥の室内階段を降りた先、地下展示室の出入口には薄桃色の布が暖簾のように垂らされており、ピンク＝エロという紋切り型のこれ見よがしな暗示によって、それをくぐる者はあたかも卑猥な文言にそそられてアダルトサイトのリンクを踏む時のような、ささやかで密やかな「わいせつ」の期待を胸に抱かされる。だが一歩足を踏み入れた途端、そうした予断は見事なまでに裏切られる。清らかな白い光に満ちた仕切りのない白塗りの空間《ホワイトキューブ》、その四方の壁に張り巡らされた趣向も佇まいも様々な、物言わぬ剃毛された恥丘の写真たち。計三十点のそれらはまるで展示空間を曼荼羅化するかのごとく、静謐ながら異様な存在感をもって鑑賞者をぐるりと取り囲む。しかもいずれも当の写真を撮り、当の個展を開いた菱野自身の恥丘なのだから、それが単なるカジュアルな露出と一線を画するとすれば、いったいこれは何なのか。かるい眩暈を誘われながら、その降って湧いた違和の正体を訝しむ心持ちで見定めようとしても、あたかも物心ついて初めて竿も袋もない女性の「あそこ」に深甚な謎めきを抱いてしまった少年のごとく、にわかには頭が働かない。しかし臆せずに恥丘たちを睨《ね》めつけ、努めて冷徹に視線を研ぎ澄ますうちに、たとえば次のような幻惑のたくらみを見出せるだろう。普段は着衣によって不可視かつ「あそこ」と婉曲に示される部位にもかかわらず、それがまさに目の前の「ここ」に表立ってあり、のみならず「そこここ」に遍在させせられる手法によって、秘所という概念の位置付けが徹底的にずらされていること。事前情報として菱野自身のそれが被写体、つまりすべて同一の恥丘と知らされてこそいるものの、その部位の個性特徴を各人の容貌のように識別する能力など培っていない大半の鑑賞者にとって、それらは誰の恥丘でもありうるような「顔のなさ」を帯びていること。またその一種の没個性の印象によって、恥丘たちに付与された記名性、および秘所を曝すという行為の露わさが不気味にぼかされていること。そして何より、展示という形式で憚《はばか》りなく鑑賞することを許されるとやはり、ついじっと凝視してしまう部位であり、しかも実物よりかなり拡大された接写ばかりなので、遠近や大小の感覚が微妙に狂わされること。これはおそらくアクリル加工による透明感、および奥行きの効果もあるのだろうが、じっくりと眺め入るうちにともすれば釈迦の掌上の孫悟空のごとく、写真の中に壮大に広がっていそうな、菱野の恥丘風景から抜け出せなくなりそうにすらなる。

だが、まもなくその眩暈のするような違和にも慣れてくると、各作品の個性が見えてきて、しみじみと興味深く、時に愉しい気持ちにもなって経巡《へめぐ》ることができる。たとえば崇高な神々しいまでの柔肌、なめらかな視覚的触感をデジタル加工により作りだした作品は別名ヴィーナスの丘とも呼ばれるこの部位の美しさを非現実的な域にまで高めており、まさに目もあやという形容がふさわしい。あるいは正面やや下のアングルから、どことなく肌色のビワにも見える恥丘を写した作品も何とも蠱惑的で艶《あで》やか、まさに芳醇な果実を前にした時のような、垂涎《すいぜん》を禁じえない心地にさせられる。そうした作品だけを見れば、個展に与えられた副題「かくも美麗なる恥丘」に頷くことしきりなのだが、しかし菱野は必ずしも恥丘を美化ばかりしてはいない。たとえば剃り跡の毛穴や血の滲みを敢えて生々しく際立たせた作品、あるいはゴルゴタの丘への言及と思われるが、自身の経血にまみれた小さな十字架のビスケットを添えた作品など、秘所のグロテスクな側面も悪びれずに呈示している。さらには恥丘の下の、ひとすじの割れ目にぱりっとした海苔が一枚挟まれている作品など微笑を誘う上、ふくよかでまろやかな丘の量感とその直線的な極薄の一枚の対比が典雅な趣を見せており、チキン南蛮ならぬ恥丘南蛮というわけか、美味しそうなタルタルソースがかけられた作品は性的な仄めかしもあるだろうが、それも含めて茶目っ気に満ちている。二本指でくっきりと露出させた陰核のところに画像加工ソフトを用いて光り輝く大粒のダイヤモンドをはめ込んだ作品もまた、その直截さ大胆さにどきりとさせられると同時に、くすりと可笑しみを誘われずにはいられないだろう。要するに女体の恥丘という部位の多面性が洒脱に軽妙に表現されており、それらへ視線を向ける者は経巡りながら、色気と無邪気、迫力とユーモア、欲望と静謐、解放と秘密、悟りと舌なめずりといった多彩な、時に相反しもする要素をそこここに見出してゆく。そうした多彩さを加味してみれば、おそらく副題にある「美麗」は少女の頻用する「可愛い」に似たような非常に広い意味として、むろん裏腹な意味合いもそこに含めて使われており、菱野は敢えて皮相に響く形容を掲げておいてその実、写真自体に多くを語らせているのだ。というのも、個展のチラシによれば「恥丘それ自体がひとつの言語となるよう」に菱野は作品に名を付していないのだから（ゆえにここでもそれぞれの題を挙げることはできない）。

同チラシによれば、菱野は三年ほど前から本業たる看護師の傍ら、自らの恥丘写真を撮り続けてきたのだという。それも「陰毛処理におけるアーミッシュ的態度に基づき、決してブラジリアンワックスや光脱毛器など用いず、脱毛サロンにも足を向けず、ただ研ぎ澄まされた剃刀のみを巧みに操り、細心の注意を払って剃毛した恥丘」を。

ここまで触れずにいたが、じつは展示室中央にはガラスケースをのせた台があり、その中には剃り落とされた陰毛が剃毛一度分ずつ、ワイングラスに入れて並べられてもいる。そしてそれを見ることで、菱野がまだ茂りかけの段階で早くも剃った時、鬱蒼と生い茂らせてから剃った時といった折々の違いを毛の量として、まざまざと把握することができる。これがどのような意図に基づいているのか、それは何の説明もないので定かではないが、たしかに言えるのはその剃り落とされた陰毛の存在によって、写真の中の剃毛された恥丘がにわかに非常な生々しさを帯びるということだ。たとえば戦争写真展において現地に実際に落ちていた血塗れの銃弾を飾るような。あるいはジャクソン・ポロックに代表されるアクション・ペインティングの行為性などにも通じるところがあり、菱野が撮影にあたり、被写体たる恥丘の茂りを音を立てて剃ったその行為を嫌でも想像させられもする。菱野自身の言葉を手がかりにすれば、チラシには「何も処理せよなどという押しつけがましいメッセージ性はない。下の毛というのは剃るもよし剃らぬもよし、現生人類の女性にとって、もはや何ら本質的ではない、言わば偶有性をそなえている」とあり、これにはなるほどと思わされる節がある。というのも、下の毛は生えるからこそ剃ることもできるのであり、そもそも生えないなら、剃る／剃らないという選択肢は生じ得ない。また一方で、剃るという発想なしにただ漫然と生い茂らせていたら、やはり剃る／剃らないという選択肢は生じ得ない。

つまり身体と知性の両面において剃る／剃らないという選択肢をもつこと、子供とも猿とも異なるこの条件によってまさに剃毛は行われるのであり、自由は個人の意志による選択に基づくのだから、恥丘における陰毛の繁茂とその自発的剃毛は成熟した現生人類の女性、およびその自由の象徴とも解釈できる（むろん無毛症の女性もいるが）。それは深読みだとしても、かの登山家ジョージ・マロリーがなぜエベレストに登るのかと問われて「そこにそれがあるから」と答え、その意訳が人口に膾炙《かいしゃ》した「そこに山があるから」という名文句のように、剃毛された恥丘を人類誕生の地アフリカの最高峰、キリマンジャロになぞらえて「剃りマンジャロ」とした菱野がなぜ恥丘の毛を剃るのかと言えば、細かい理屈はさておき「そこに毛があるから」といってまず間違いはないだろう。下の毛も生え揃っていない、と子供の幼稚を見下す文句があるが、生え揃った上でそれを剃り、さらにその剃られた恥丘の写真、および毛そのものまでもを展示するこの行為にはやはり、成熟した現生人類の女性の、自由な意志から溢れ出る知性と創造性がみとめられるのである。

「しかし生い茂るままでも有り得た、その秘部の森林という自然が、何の偶然か、あるいは必然か、剃られてしまったというこの圧倒的な不在の存在感――私はその剃毛された恥丘というものに、あるいはそのふもとに通ったひとすじに、オッカムの剃刀によって簡潔にされた論理のごとき、透徹な美しさを見出したのかもしれない……」

と菱野は先の引用に続いて述べている。たしかにそこには誰しも魅了されずにおれない極上の形態美があり、恥丘たちはどれもこんもりとふくよかで、ふもとに通ったひとすじもその量感にまろやかに沿った切れ込みとなっている。そして菱野の言う「圧倒的な不在の存在感」とは前述の「顔のなさ」と通じるところがある気がする。それまで秘部に森林を生い茂らせてきた人がそれを剃り落とした時にはおそらく、その陰毛の不在、すなわち剝き出しの恥丘を見て非常に不自然で不慣れな感じ、もっと言えば「自分ではない」ような感じを抱くのではないだろうか。つまり自分で自分の恥丘を誰のものだか分からないように感じる。剃ることで恥丘が馴染みない他者の顔を剝き出しにするわけだ。それは菱野の恥丘写真を前にした者が、それが誰の恥丘か知らされていても、誰の恥丘でもありうるような印象をもって眺めるのに重なる。しかしそのようにしてある意味、属人性の希薄な恥丘という部位の様々な姿を写真として鑑賞するうちに、いつしかそれ自体の、恥丘特有の表情とでも言うべきものが見えてくる。それはあたかも恥丘というものが、不思議に魅惑的な未知の生命体として目に映るような感じである。その生命体は形態的に愛らしいのはむろんだが、我々がみなその丘のふもとの割れ目から生まれてきたことを思えば（ただし帝王切開は除く）、つい両手を合わせて拝みたくなるほどの、神聖な風格すら帯びて顕《あらわ》れてくる。その時、個展副題の「美麗」という皮相なはずの形容がふいに荘厳な響きで実感されても、何らおかしくはなかろう。

じっくりと読み耽るように、身じろぎもせず深々とうつむいていた稲松は数分後、びくっと痙攣してハッと我に返り、慌てたようにぱちぱちと瞬きをしながら、膝の上にひらいたままの誌面を見た。そのとたんに目を剝いた。

「えっ！」

その「美術」レヴュー欄には著名な書家の大回顧展が取り上げられており、恥丘の恥の字もなく、見開き右ページの下部にも豪快な筆致の書の写真が見えるだけだった。

「何だったんだろう、今のは……」

何者かの強い思念によって束の間、頭を乗っ取られて幻影を見せられていたような、狐につままれたような顔をして稲松はしばし上司の席に座り尽くしていたが、やがてその名残を払い落とすように頭を振って、ふうと大きく溜息をついた。

「疲れてて一瞬、夢でも見たのかな……」

なおも茫然とした様子でぼそっと呟くと、ぎゅっと目をつぶりながら両手で頰をぱんぱんと叩き、さらに気付け代わりに、ほとんど氷の溶けた残りのバーボンを一気に飲み干した。それから稲松は腰を上げ、手早く帰り支度を済ませると、消灯して文芸フロアの外に出た。

「今日は何だか腹も減らないし、さっさと風呂に入って寝るか……」

帰宅するなり定価三十五万のレザージャケットを脱ぎ捨て、全裸で浴室に入り、熱いシャワーを浴び始めた。出鱈目な鼻歌をふんふん歌いながら、もこもこ泡立ったボディシャンプーで体を洗っているうちに、稲松はふと何か閃いた顔になり、浴室の戸の方をじっと見つめた。まもなくおもむろにその戸を開け、洗面所に手を伸ばすと、そこに置かれた髭剃り用の剃刀をつかみ取った。そしてまた戸を閉めると、四枚刃の剃刀を右手に構え、その切っ先に匹敵する鋭利な目つきで、泡にまみれた自身の陰毛を見下ろした。

毛のない猿の蛮行

菱野時江は浴室の中、茂りかけの陰毛を入念に残らず剃り、なだらかな恥丘をあらわにした。割れ目がくっきりと見え、それをふくよかな陰唇がもり立てていた。やがてリヴィングに現れた時江を見て、飼い犬のモギーが興奮気味に吠え、つぶらな瞳をどことなくぎらつかせて駆け寄っていった。時江もボッティチェリのヴィーナスを彷彿とさせる美しい裸体で歩み寄っていった。モギーは特にその裸体には興味がなかったようで小走りに通り過ぎ、その先に脱ぎ捨てられていた室内用の靴下に執着して、鼻先を押しつけて匂いを嗅いだり、しきりに噛んだりし始めた。その犬らしい蛮行をよそに、時江は剃りたての恥丘を手先で撫でながら、むっちりと引き締まった白桃のような尻を大型のビーズクッションに沈ませた。

時江は大股開きになり、左右の手を用いて陰裂の秘境を満開にした。小陰唇の厳かな黒ずみと膣前庭《ちつぜんてい》の鮮やかな薄紅の彩りが子羊のレアローストを思わせ、誘うような膣口は神秘的な生ける洞窟の趣、上方に君臨する包皮の剝けかけた大きめの陰核は自然によって彫琢された宝石の魅力を放っていた。時江は小さく頷き、指先の匂いを嗅いでから膝を抱えて座り直すと、脇からリモコンを手に取り、向かいにあるテレビを点けた。すると暗いスタジオにぽつんと人影が佇んでおり、そうかと思うと弱々しいスポットライトがそこに当てられて、肩幅広めのスーツ姿の、壮年の男性キャスターがやや亡霊じみた陰影をまとって、おぼろに浮かび上がった。

「十年後のこと、考えていますか？」

完全に無表情の、素っ気なさが一種の鋭さを帯びたカメラ目線でそう言うと、画面には街中でマイクを向けられて同じ質問をされる老若男女の姿が次々に流れ出した。その大半は愛想笑いを浮かべながら、唐突すぎて口籠もったり、つかのま思案してから曖昧に否定したり、住宅ローンのこと、あるいは子供たちが巣立ち夫婦だけの生活になることなどを考えることはある、なるべく良い会社に入りたい、海外で働きたい、周囲に迷惑をかけずに死にたい、何か社会にとって役立つことをしていたい、お嫁さんになりたい、ビル・ゲイツを超えたい、といったどれも月並みな答えばかりを口にした。それからスタジオに戻るとパッと全体が明るくなり、前面中央に佇む男性キャスターの背後に段々が設けられていて、そこに属性と年齢も併記された大きな名札付きの一般人らしき烏合の衆が所狭しと座っていた。その段々の最前列の端に女性アナウンサーが立ち、先の見えない時代云々といった常套句を述べてから、これから様々なテーマに沿って、リアルタイムに寄せられる視聴者からの意見も交えながら、スタジオに集った一般人、そして間もなく登場する有識者と共に、十年後の社会について真摯に考えてみたいという企画の趣旨を説明した。

「いったんＣＭです」

ＣＭ明けにいきなり派手派手しい効果音が鳴り響き、それから四つ打ちの安っぽいダンスミュージックに乗って、段々の脇の通路の奥から一人一人、有識者が足早に入場してきた。女性アナウンサーは「～さん、少子化問題に詳しい経済学者です」「～さん、元内閣参与、貧困者を扶助するＮＰＯ法人の代表をされています」「～さん、脳科学者、主な著作に『脱税脳と納税脳』『多忙な脳はミスをする』など」「～さん、元国連職員、五人のお子さんを海外で育て上げた母でもあります」などと早口ながらさすがの聞き取りやすい発声で矢継ぎ早に彼らを紹介していった。やがて男性キャスターのすぐ後ろに横一列に有識者が並び、その列と後方の段々との間の床が横滑りに開いて、床下から議論に適した円卓と椅子がゆっくりとせり上がってきた。

「では、着席してください」

そして議論が始まったのだが、時江はそれに一切耳を傾けることなく、ビーズクッションに裸体のまま横たわりスヤスヤと寝息を立てていた。その代わりに飼い犬のモギーがいつの間にやらテレビの前に鎮座して、大人しくそれを眺め始めた。いや、大人しかったのは最初だけで、ほどなく狂ったように敵意剝き出しで吠え立て始めたのだ。その声に裸の時江は目覚めた。花柄の寝間着を着てからモギーのそばにしゃがみ込み、宥《なだ》める手つきで撫でながら一緒にテレビを観ていると、画面に映る人物がなぜか脳科学者の時だけ、モギーは激しく吠え立てるのだった。「この人がダメなの？」「お前は人を見る目があるもんね」と相槌を打って、時江はテレビを消した。暗く静かになった画面に自分とモギーの姿が映った。じゅうねんご、と口先の小さな動きだけで声もなくつぶやいて、モギーの潤んだ瞳を覗き込むと、そこに映る一人だけになった自分が見えて、不意に力強く愛犬を抱き締めた。「モギー、大好きだよ」と頬擦りをしながらもじゃもじゃの毛並みを撫でた。

その感触を永遠のものにしたいかのように、時江はしばらくの間、ぎゅっと愛犬に密着してその毛並みを撫で続け、それから浴室に運んでいって、モギーの毛も剃った。

幻の淑女

自称Fカップ、古河内栗美はしどけないナイトブラ姿のままパソコン机の前に座り、二十七インチの大画面いっぱいに『出会って4秒で合体』と題されたAVを再生すると、かるく温めたばかりのパン・オ・ショコラを慎重に両手で持ち上げ、サクリ、とひとくち頬張った。その拍子にクロワッサン生地の薄皮の欠片がぽろっと下に落ち、それが無事、パン皿に受け止められたのを視認してまた目を上げると、面前のAV世界ではやけに生活感のない居間において、ソファに腰掛けた女優がカメラ目線で撮影スタッフと談笑を交わしている。彼女の前のローテーブルには盛り沢山の飲み物、おにぎり、総菜パン、菓子類などが軽食として用意されており、メイキング映像のために本番前からカメラを向けているという説明がちょうどなされていた。「コーヒー飲む?」「あ、コーヒー苦手なんです」などと続けて遣り取りが交わされるうちにも、女優のミニスカートからパンチラが頻発していたが、そこで突然、ソファの裏に潜んでいた筋肉質の全裸男優が立ち上がって登場、まさに題名の通り、出会い頭に女優を押し倒してスカートをめくりパンティをずり下げ、あれよあれよという間に合体して猛然と腰を振り始めるのだった。

「男って、どうしてすぐにＳＥＸしたがるんだろ……」

栗美は気怠《けだる》げにつぶやき、瞼の重たそうな目をさらに細めて結合部分のモザイクをしばし注視すると、不可能を悟ったような溜息をついてから、マリメッコのウニッコ柄のマグカップを持ち上げ、ほんのり湯気の漂うキャフェ・オ・レをごくりと飲んだ。

その時、パン皿の脇に置かれた携帯端末が振動した。見ると渋崎咲子から「今日の夜、空いてる？」と新着メッセージが届いている。「まあまあ空いてるけど」と栗美が指先弄《いじ》りで返事をすると、すぐさま「じゃあ明日月曜だし、ちょっと早めに飲もうよ」と誘いが来て、その後すぐ「会ったら話すけど、時江が消えたの」と追記があった。


「あ、久しぶり」

袴みたいなワイドパンツをばさばさ言わせながら、栗美が伏し目がちに改札をくぐった直後、斜め前の太い柱のそばから、咲子がにこやかに手を振って声をかけた。夜に咲くような黒地に花柄のワンピースを着ていた。

「そのワイドパンツ、袴みたいだね」

「うん、大岡越前《おおおかえちぜん》みたいでしょ」

「えっ、何それ？」

「ううん、何でもない」と栗美はすばやく首を振った。「それより、時江が消えたって？」

「ああ、そうそう」と咲子は深刻な表情で頷いた。「最後に会ったのが二、三ヶ月前で、その時、ちょっと喧嘩っぽくなって別れたんだよね。何か時江が最近、看護師の仕事に張り合いが感じられなくなってきたとか愚痴って、別のことをやりたいかもって言い出して。もしかしてこの話、もうしたっけ？」

「ううん、初耳。私もだって、咲子に会うのたぶん三ヶ月ぶりくらいだから。時江とも写真展のオープニングレセプションに招待された時以来、会ってないし」

「そう。それでね、じゃあ看護師辞めて何するのって聞いたら、牛乳寒天が好きで最近家でよく作ってるから、それ専門の飲食店を出したいっていうわけ。それもなぜか自分では店に立たないで、最初からオーナーとして、従業員を何人も雇って牛乳寒天の専門店を経営したいって。もちろんそんなの冗談に決まってるんだけど、私もお遊びでその冗談に乗っかる感じで、細かい構想を聞き出しつつ、逐一その欠点を指摘して、何ていうか、考えの甘い起業家とそれに駄目出しする厳しい投資家みたいな、そういう感じで話してたの、お茶飲みながら」

「ああ、でも本当にそういうの、たまにカフェとかで見かける。先輩起業家に相談してる起業志望者みたいな」

「うん、でも私たちの場合、あくまで冗談だったの。だって牛乳寒天専門店なんてうまくいくわけないし、ただでさえすぐ廃業する率が高い飲食店でさ。でも冗談でも段々、互いに白熱してきて、そうすると時江ってすぐ感情的になるっていうか、牛乳寒天を馬鹿にしないでよみたいになって、一方で私はとことん理詰めで追い詰めていくから、最終的には完全に正面切って論破しちゃって、時江がちょっと目を潤ませて黙り込む感じで、すごい気まずくなっちゃって。それで、あ、このあと用があるからって私はとりあえず逃げたんだよね」

「ふうん」と栗美は横髪を耳にかけた。

「それでその後、何事もなかったように連絡しても無視決め込まれて、これはちょっと時間を置こうって思ったらそのうち、私も仕事が急に忙しくなったり、父親がリストラされてその傷心旅行に付き合ったりして、しばらく時江のこと忘れてて」

「リストラって、大丈夫？」

「うん、まあもう定年間近だったからそれが早まったと思えばね。それに十年前くらいから地道に資産運用してたらしくて、一時期かなり株価が上がったりしたから、トータルでけっこう儲かってるみたいで」と咲子は屈託なく話しながら、親指と人差し指で円をつくってみせた。

「それで一昨日の、金曜のお昼にコンビニのイートインでカップヌードル啜ってる時にようやく時江のこと思い出して、でも連絡してもやっぱり無反応で、まだ無視するのって思って電話してみたら、おかけになった電話番号は現在使われておりませんって」

「解約されてたってこと？」

「うん、たぶん」と頷くなり咲子は下唇をかるく嚙んで、つかのま思案げに口をつぐんだ。

「それで……どうしたんだろうってさすがにびっくりして、近くだし帰りがけに時江のマンシヨンに不意打ちで寄ってみようかなとも思って、でもその前にふと、勘が働いたっていうか、何かこう悪い予感がして不動産サイトで調べてみたら、時江の部屋、もう空室として掲載されてて」

「ええっ」

「私もますますびっくりして、それで、思いきって時江の勤めてた病院に電話して、菱野時江の友人なんですけど急に連絡がつかなくなってって聞いたら、先月退職しましたって……理由とか詳しいことはもちろん、教えてくれなかったけど……」

しばし黙り込む二人のまわりを駅の利用客たちが絶え間なく行き来していた。

「でも、辞めるのって、特に時江みたいに、患者さんの担当とか夜勤とかもある病院だとその関係上、三ヶ月前とかには言わないといけないんじゃないかな」と栗美はにわかに推理顔になりながら、つぶやくように言った。「となると、たぶん最後に咲子と会った時にはもう退職を決めてたってことになるから、そのさっきの牛乳寒天の話、あながち冗談でもなかったんじゃ……」

「えっ、でも、牛乳寒天だよ？」と咲子は狼狽《うろた》えた口ぶりで言って、ちろりと舌先で唇を湿らせ、そこではっと思い出したように腕時計をたしかめた。続けてすぐそばの駅構内の案内掲示へ目をやり、出口に向かう通路を指し示した。「とりあえず、続きはお店着いてからゆっくり話さない？　六時から開くみたいだからそれと同時に行けばいいかなって思って、予約とかしてないから」

栗美はこっくりと頷き、前に幾つも折り目の入った袴みたいなワイドパンツの、腿辺りをちょいとつまんで軽く持ち上げながら、すみやかに歩き出した咲子についていった。


やがて咲子は手もとの携帯端末の地図案内から目を上げると、通りから脇へ入る路地の、色々に薄明かりの漏れる奥行きを睨むようにしながら、そちらを指さした。

「たぶん、あの辺りだと思うんだけど……」

「時江がいなくなる前、一人で通ってたお店なんだよね？」

「うん、そう」と咲子は先立って路地に入り、また手もとに目を落とした。「前はほら、オネエ言葉のママだかマスターだかがやってるカラオケバーみたいなところに通ってたでしょ？　私も何度か連れてかれたけど」

「ああ、よく喧嘩して出禁になってたところ？」

「そうそう。まあそれも一種の茶番みたいなキャットファイトっていうか、甘噛みでじゃれ合ってるみたいな感じだったみたいだけど。でも、そろそろ私も淑女だからとか訳分かんないこと言って、偶然見つけたらしいんだけど、去年くらいから今から行く、その隠れ家的なワインバーに通うようになったみたいなの」

「へえ、知らなかった」

「私もその頃、時江の家でご飯食べてた時に、店の名刺がテーブルの上にあったのをたまたま見て話題にしただけなんだけど、週一くらいで通ってるって言うから私も連れてってよって言ってみたら、ここは一人で飲むお店だからって断られて、鉢合わせしたくないから来ないでよって念まで押されて。で、それも昨日、ふと思い出して、店名は何となくの印象しか残ってなかったんだけど場所はだいたい覚えてたから、この辺に絞ってワインバーで検索したら、あ、ここだって見つかって」

「ふうん」と栗美は横髪を耳にかけた。

「たぶん、新卒で入った大学病院が滅茶苦茶ハードで、夢の中でも先輩とか上司に叱られてうなされてたとか言ってたじゃない？　急性期の、それこそ心臓止まってる患者さんバンバン運ばれてきて蘇生したりとか、夜勤も戦場みたいだったらしいし。だからその頃は分かりやすいストレス発散っていうか、そういう感じでカラオケバーでオカマと騒いでたのが、一昨年だったっけ、あの私立の精神科病院に転職して、比べ物にならないくらい仕事が楽になって、さらにそこにも慣れてきて淑女だとか、プライベートでも調子に乗れる余裕が生まれたんじゃないかな」

「何か、ボクシングジム通ったり写真展まで開いたり、すごい充実してる感じだったよね、去年辺りから」

「うん、栗美も聞いたことあるだろうけど、そこの理事長の哲学として、患者さんに接する側のプライベートが充実してないと、むしろこっちが病んじゃうって。それって結局、患者さんにもよくないから、休みもちゃんと取れるし、よく遊べっていう感じの、いい職場だったみたいよ、残業もほぼなくて」

「ああ、何かすごい理念のある理事長だって言ってたよね。ビジョナリーっていうか、旧来の精神医療とは違う、新しいあり方を目指してるみたいな。実際、リストカットなんてやり放題で、ボディチェックなしで剃刀の持ち込みとかも全然禁止しない、自由な雰囲気の病院だってよく言ってたし」

「そうそう、ホテルみたいな病院らしいよね。あんまり症状の重くない、気分障害とかの患者さん専門だからなんだろうけど。入院も個室にそれぞれ、綺麗なトイレとお風呂がついてるだとかで」

そこで咲子はふと口をつぐみ、右手数歩先の、こぢんまりとした店口から放たれる明かりに視線を誘われた。その視線の移ろいを栗美が追った瞬間、咲子が目を大きく見ひらいた。

「あ、ここだ」

腕時計をたしかめてから扉を押し開けると、六時過ぎの店内にまだ客はおらず、打ちっぱなし風の内装にカウンター席だけで、その背後の壁に幾つも四角いへこみがあってそこに風流な花瓶が飾られていた。

「いらっしゃいませ」と店主らしき女がカウンターの向こうで微笑んだ。「お好きな席へどうぞ」

咲子と栗美はややおずおずと手前の端っこに並んで腰掛け、椅子の下の荷物入れに鞄を収めると、おのずと声をひそめながら、そそくさと壁掛けの黒板のメニューを検討して、とりあえず「本日のおつまみセット」とお勧めのスパークリングワインを注文した。店主らしき女はすみやかに二人の前にすらりとしたグラスを揃え、セラーから取り出したボトルを置き、産地やら特徴やらについて簡単に説明してから、栓を抜いて慎重な手つきでスパークリングワインを注いだ。しゅわしゅわと美麗な泡が立った。「どうぞ」と各々のもとに差し出されるなり、咲子と栗美はグラスの脚をつかみ、目を見交わしてそっと乾杯して、その薄ピンクの液体を口にした。

「美味しい」とほぼ同時につぶやきが漏れた。

「美味しいですか、よかった」と店主らしき女はさっぱりと微笑みかけ、手際よくボトルに栓をして空気を抜いた。そしてそれをカウンター内側の、入口に近い方に設置されたセラーの中にしまった。

「それで、さっきの話の続きだけど……」と咲子はちらと調理台の方へ離れていく店主らしき女を見やってから、密談っぽく口もとに手を添え、囁くような声で話し出した。「普通に退職したっていうことは、何か事件に巻き込まれたとかはないよね？　私、探偵にでも調べてもらおうかなとまでちょっと思って、今日もさっき、そういう事務所のサイトとか見ちゃって」

「それは大丈夫じゃない？」と栗美も声をひそめた。「ほら、時江ってよく、実家で飼ってる犬を自分の部屋に泊めてたでしょ？　そのためにわざわざペット可の物件に住んで、事前に大家さんとも話つけて。だから実家といつも繋がってるみたいだし、もし何かあったら、って縁起でもないけど、そこで発覚するんじゃないかな」

「それならいいけど……」と咲子は物思わしげにつぶやき、また美麗に泡立った液体を口にした。「その、事件ってちょっと思ったのはね、時江が前に、隣の部屋に住んでる中年の男が何か怪しいってよく言ってて、時江って平日も休みだったり、夜勤明けで寝てたりするけど、その隣の男も、平日にずっと在宅の気配がすることが多いんだって。今どきエントランスの郵便受けに堂々と名前出してるって言ってたから、何か在宅で仕事してる人なのかな……それである時なんて、時江が昼下がりにベランダで外眺めながら缶チューハイか何か飲んでたら、その隣の部屋から、たぶん網戸になってたんだと思うけどぶつぶつ話し声が聞こえて、それはまあ、電話でもしてるのかなと思ってたらいきなり、ビンゴって大声が聞こえてきて度肝抜かれたり、とにかく怪しい男らしいの、外廊下ですれ違ったらブレザーに短パン合わせてたり。だから私、もしかしてその男に何かされたんじゃないかって、悪い想像がよぎって……」

　店主らしき女は冷蔵庫の扉を開けながら、ひそひそと話し込む二人の様子をさりげなく見て取ると、それきり目もくれずに、てきぱきと手を動かし始めた。まず大ぶりのマッシュルームの石突きをくり抜き、その空洞を含めた笠の裏のへこみに、冷蔵庫から取り出した明太子マヨネーズのペーストをのせ、アルミホイルの敷かれたトースターに入れた。それから幾つかの保存容器も冷蔵庫から取り出して、作り置きの数品を小鉢や小皿に盛りつけていった。

「他に誰か、時江と共通の知り合いっていなかったっけ？」と栗美がなおも声をひそめて言った。「近況を知ってるような」

「いない。看護師って出会いがない、世界が狭いって時江、ただでさえいつも言ってたでしょ？　でもそれで私が異業種交流会とかに連れてっても、誰とも打ち解けたりしなかったし。あれで意外と仕事振りはちゃんとしてて、おだてると単純に優しくなるから、職場の後輩には慕われてたみたいだけど」

「初対面だと、けっこうアクが強いしね……」

「うん」と咲子は力強く頷き、携帯端末に指先で触れると、その画面に半年ほど前の時江の姿を呼び出した。それは自身初の写真展において、自らの恥丘写真を背後に従え、両腕を組んで気取った微笑を浮かべている時江だった。「まあ、初対面じゃなくてもだけど……」

店主らしき女はボウルに卵を割り入れ、そこへ細かくしたパルミジャーノとパセリを加えて掻き混ぜると、ほっそりしたちくわを一口大に切り、粉をまぶしてその衣に絡めて、フライヤーで揚げ始めた。ぱちぱちと油のはぜる音を聞きながら、咲子は黙ってその調理風景をじっと眺めていた。そのうちにこんがりキツネ色に揚がったちくわも小皿に盛りつけ、他の数品とともに木製のお盆にのせると、店主らしき女はそれを持って近づいてきた。

「お待たせしました、本日のおつまみセットです」

まず栗美の前に置き、それから咲子の分も運んできた。壁掛けの黒板の書き込みによれば、湯通しキャベツとじゃこと塩昆布の和え物、白トリュフ風味の鶏レバーのパテ、六種の野菜のラタトゥユ、山羊のチーズと特製チャツネ、明太マヨのせマッシュルームのグリル、ちくわの洋風磯辺揚げという陣容だった。「食べられない物があったら注文の際に言ってみてください」とも書き添えられていた。

「美味しそう」

栗美がホクホク顔でさっそくフォークを手にした時、咲子がにわかに決然とした顔つきになり、右手の携帯端末を握り締めて、その画面を店主らしき女へ向けてさっと突き出した。

「あの、突然なんですけど、この顔に見覚えはありませんか?」

店主らしき女は一瞬きょとんとして、それからすんなりと画面を覗き込んだ。「あら、これってもしかして、菱野さんじゃない?」とちょっと驚いた声で言うなり、怪訝そうに咲子の顔を見つめた。「もしかして、菱野さんのお友達か何かですか?」

「はい」と咲子はすかさず頷いた。「この、菱野時江……ご存じかもしれませんけど下の名前が時江って言うんですけど、この時江が急に連絡がつかなくなって住んでた部屋も引き払ってて、調べたら職場も辞めてて、今ちょっと行方知れずなんです。それでこのお店によく通ってるって前に言ってたのを思い出して、もしかして何か、ご存じなんじゃないかと……」

「行方知れず？」と店主らしき女は鸚鵡《おうむ》返しに言って、その場で伏し目がちに束の間、考え込むようにした。やがて目を伏せたまま、顎先を撫でつつ小首を傾げ、真剣そうに眉間に皺を寄せた。「ええと、ここしばらく、実はうちにも顔を見せなくなっていて、ちょっとどうしたんだろうって私も気になってはいたんです。ただ、最後にいらした時か、そのくらいに、もう少ししたら私、今の病院を辞めるんですとは仰っていたので、そういうお仕事の関係でしばらく足が遠のいてるのか、もしくは、それこそ引っ越したとか、それで行動範囲が変わって、もう行きつけではなくなってしまったのかな、残念だけど、なんて私も思い始めたりもしていて……」

淀みなく、それでいて慎重に言葉を紡ぐように答えてから、店主らしき女はまっすぐに咲子、そして栗美と順に目を合わせた。咲子がぐっと前のめりになった。

「何で辞めるとか、辞めて次はどうするとか、言ってました？」

「いえ……菱野さんって、いつもお一人でいらして、何ていうか、おしとやかな雰囲気で、まるで瞑想でもしているみたいに物静かに過ごされてて。私も必ず、どんな寡黙そうなお客様でも二言三言は雑談っぽく話しかけるようにしてるんですけど、でもいつも、そのくらいのちょっとした遣り取りだけで、話が弾むっていうほどのこともなくて……精神科の看護師をされてるってことは聞いてましたし、あとお料理とか、ワインのことで多少訊ねられることはありましたけど……」

栗美はフォークをちくわの洋風磯辺揚げに突き刺したまま、口に運ぶ頃合いを失ったふうに、カウンターを挟んでの対話を見守っていた。

「あ、でも、別の病院に転職されるんですかって私、たしか訊ねました」と店主らしき女は両手をかるく打ち合わせた。「そうそう、それで、次は決めてないけど、看護師は引く手数多《あまた》だし、いつでも見つけられるからって。それで、じゃあ少し、ひと休みされてからまたって感じですかって私が言ったら、たしか、うーんって、そこは言葉を濁されてたかな、たしか……」

咲子は耳にした情報を反芻する面持ちで小刻みに頷きながら、ちらりと栗美と目を見交わした。店主らしき女はそれきり踏み込まず離れずの態度で、口をつぐんだまま佇んでいた。しばらくの間、微妙な沈黙が漂った。するとその時、入口の扉が押し開けられた。店主らしき女は「いらっしゃいませ」と微笑んで声をかけると、恭しく咲子に目礼してから、入ってきた二人組の若い男を反対側の、遠い方の端っこへさりげなく案内した。そして壁掛けと手もとのメニューを示すうちに、そのまま色々と訊ねられて応答し始めた。

「やっぱり、牛乳寒天のお店を出すために、住み込みで修業とかしてるんじゃないかな」と栗美はまた推理顔になった。「それか、MBAを取るために留学したとか」

「住所も連絡先も知らないけど、一時的に実家に帰ってるだけっていうのはありえるんだよね」と咲子は聞き流してつぶやき、ようやくフォークを手に料理をつついた。「ただ、それなら何で、事前に連絡もなく、電話番号が使われておりませんって……」

栗美もフォークの柄をつかみ、突き刺したままだった揚げ物を口に入れた。もぐもぐ咀嚼して嚥下するなり、泡の衰えてきた液体も口にして、そのグラスをしみじみと眺めた。「時江、ここでこうやって、おしとやかに物静かに、一人で飲んでたって……」

「想像できないよね」と相鎚を打つなり、咲子も薄ピンクの液体を口にした。「私たちと飲んでる時はいつも、オバマと知り合いだってホラ吹いたり、下らない馬鹿話ばっかりしてたのに……」

栗美はこっくりと頷き、山羊のチーズを手でつまんだ。口に放り込みながら、卓上の画面に映し出される時江の恥丘写真を横目に見やった。咲子は左手の指先でその作品群を順繰りに送って眺めていた。ときおり懐かしげに、割れ目のあたりをなぞったりもした。

「そう言えば、この写真展の時も、色んなメディアから取材依頼が殺到したけど全部断ったって時江言ってたけど、あれって」

「嘘に決まってるでしょ」と咲子は言った。「でも時江って、写真はともかく、文才はけっこうあると思うの」

「文才？」

「うん。あの例の、精神科病院って急患受け付けてないから夜勤がそこそこ暇みたいで、患者さんに呼び出されても、お薬飲んで寝ましょうねって、睡眠薬飲ませて寝付かせるだけだって言ってたでしょ？　だから本当は駄目なんだけど、夜勤のもう一人の相手が生真面目じゃなければ、暇な時間はこうやってネット見たりとか、全然できるらしくて」と咲子は携帯端末を手に持ってみせた。「それである時、私が夜行バスで京都に旅行に行く日がちょうど時江の夜勤と重なってたから、じゃあ私なかなか寝れないし、暇だったらちょっと夜中に遣り取りしてみようよってことになって。この話もうしたっけ？」

栗美は首を振った。

「それでね、どうでもいい遣り取りを何回かしてるうちに、それでも私眠くなって、もう寝るねって寝たの。そうしたら、朝起きたらやっぱり暇だったのか、それか休憩中にずっと書いてたのかな、こんな超長文を送りつけてきてて」

咲子は画面にその文章を呼び出した。「ちょっと見ていい？」と断って栗美はそれを読み始めた。目を通している間、咲子は料理をつつき、すらりとしたグラスを傾けた。

「何これ？　時江が主人公の、小話みたいになってるね……」

「その夜中にどうでもいい遣り取りしてた時、時江って大酒飲みだし、しかも夜勤とかあって年中、不規則な生活してるのに、いつ見ても肌艶がいいよね、何か秘訣でもあるのって私が聞いたの。だから多分、それへの返事をお話風に書いて寄こしたんだと思う。はぐらかされて、返事になってないけど」

「ふうん」と栗美は横髪を耳にかけた。「でも、たしかに文才があるかもね。現代の清少納言って感じで」

「でしょ？」と言って咲子は紙ナプキンで唇をぬぐった。「それに、自分を主人公にしてるんじゃなくて、私を……あっ！」

　咲子はいきなり小さく叫んだ。その声がＢＧＭもない店内に響き、店主らしき女と離れた席の二人客の目をいっせいに引きつけた。

「どうしたの？」と栗美が小声で訊ねた。

「ちょっと待って、まさかとは思うんだけど……」

　咲子は心なしか急《せ》く指先ですばやく携帯端末を操作して、写真共有ＳＮＳを起動した。次いでその検索窓に「渋崎咲子」と打ち込むと、それがプロフィール欄に名前として記載されているアカウントが検出された。咲子はそのアカウントを画面にひらいた。投稿された写真がずらりと陳列されて現れた。ざっと視線で舐めるなり、まず最新の一件を画面いっぱいに映し出した。少し下へスクロールすると投稿時間は「二日前」とあった。その瞬間、咲子は隣の二の腕を肘で小突きまくった。山羊のチーズを囓りながら怪訝そうに目の端で眺めていた栗美はびくっとして、脇から顔を寄せて覗き込んだ。

「いた、時江いた」と咲子はこわばった声で囁いた。その手に持って見せつけた画面には短く刈り込まれた金髪頭の、花びら形の縁飾りのあしらわれた派手なサングラスをかけた時江がことさら気取った顔つきで、トロピカルジュースのストローを咥えている写真が映し出されていた。

「これ、時江？」と栗美は不審そうに目を凝らした。「金髪になってるね……しかも五分刈り……」

「このアカウント、今さっき思い出したんだけど結構前に時江がふざけて作ったの。プロフィール欄だとほら、私の名前になってるけど、それは時江が、私の名前を騙って、虚飾にまみれたライフスタイルを顕示するっていう、そういうコンセプトで最初はやり始めて。でも所詮、単なる悪ふざけだったから、ちょっとしたら私はもう見なくなって、その存在すら忘れてたんだけど、でもほら、ここに二日前って」

「あ、本当だ」と見て確認するなり、栗美は口もとに安堵の笑みを浮かべた。「でも元気そうでよかったね。バカンスかな？」

「何か、海外にいるっぽくない？」

咲子は興奮冷めやらぬ様子で携帯端末を操作して、縦に一件ずつ並ぶ配列に組み替え、時江の最近の投稿写真にじっくりと目を通し始めた。とその直後、ヒッと吸うような呻きを漏らして、とっさに画面を自分の顔面ぎりぎりに近づけ、やや腰をひねり仰け反りながら、それを栗美から隠す体勢を取った。

「どうしたの？」

「いや……これはちょっと、驚きかも……」と咲子は目を剝いて言い淀むようにしながら、画面を自分の方へ隠したまま、一人だけでまたそれをまじまじと見つめた。それから沈痛の面持ちで眉をひそめて、重たく溜息をつき、舌先で唇を湿らせた。「心の準備はできてる？　かなり変わり果てた姿になっちゃってるけど……」

「えっ、うん」と栗美はきょとんとして頷いた。「だってさっき、もう見たけど。金髪五分刈りでしょ？」

咲子は小さく首を振り、栗美にも見えるよう携帯端末を卓上に置いた。そして時江が撮ったらしき黒人少年の笑顔の写真の上に指先を置き、そこからひとつ下の投稿へ、さっと画面をスクロールさせた。その途端、そこに投稿された動画が再生され始めた。やはり金髪五分刈りの、今度はサングラス無しではっきり時江と分かる顔がうつむいたまま、首部分だけを長く伸ばした酒瓶のような形状の透明のガラス容器の、その細長い首の最上部の口に、尺八を吹く虚無僧を彷彿とさせる構えで、ややすぼめた自分の口先をしっかりと押しつけている。よく見るとそのガラス容器の、胴体部分には中程まで透明の液体が入っており、さらに胴体側面の、ちょうどその水位よりぎりぎり下辺りから別の短い管がL字型に突き出て、その先端には黒い栓のようなものが嵌められている。時江は酒瓶で言えば飲み口にあたるところに自分の口先を押しつけたまま、その胴体側面からL字型に突き出た短い管の先端の、黒い栓のようなものにライターを持った片手を近づけ、着火して数秒炙るようにした。するとL字型の短い管の中に、にわかにモクモクと白い煙が満ち、胴体内部の透明の液体にはゴボゴボと気泡が盛んに立って、口先を押しつけている細長い首のほうにも、白煙がゆらゆらと濃く立ち込めてゆく。とそこで、時江はライターから離した親指と人差し指でもって、L字型の短い管の先端の黒い栓のようなものをつまみ、さっとそれを引き抜いた。その瞬間、透明の液体がひときわ激しく沸き立つようになり、それと同時に容器に満ちていた白煙がすーっと勢いよく駆け上がって、時江の押しつけている口の中へ、一瞬にして残らず吸い込まれた。時江は深く吸い込んだまま、微かに眉間に皺を寄せ、ふっと口を離すと、そのすぼめた口先をおもむろに丸っこくひらきながら、弛緩した表情をひろげて、ゆったりと満足げに濛々《もうもう》たる煙を吐き出した。そしてうっとりと微笑みを浮かべた直後、その短い動画は終わってまた冒頭から再生され始めた。

「水煙草？」と栗美は無邪気そうに言った。

「大麻だよ、大麻」と咲子は怖い顔をして囁いた。「この大きな水パイプはボングって言って、ここの、ライターで炙ったところにクサが詰めてあるわけ。それで火をつけると、その大麻の煙がこの、水が入ってるでしょ、この水を通り抜けて、それがフィルターになってこっちの細長い上のほうに来て、それを吸うの」

「煙が水を通り抜けるんだ、不思議」と栗美は言った。「でもやけに詳しいね？」

「時江の家の本棚に、大麻の本が何冊もあったの。道具とか吸い方もばっちり載ってて、何これってその時は笑って読んでたんだけど、まさか本当に吸いたかったとは……」と咲子は残念そうに下唇を嚙んだ。「時江、口を押しつけてるけど、これもただ押しつけてるんじゃなくて、火をつけるのと同時に中の空気を吸い込んで、この水の上のほうの空間の気圧を下げるわけ。そうするとその関係で、火をつけた方から、こっちまで煙がモクモク来るっていう仕組みだったと思う」

「へえ、理科の実験みたい」

「水がフィルターになるから、味がまろやかになるっていうか、喉が痛くならないんだって」と豆知識を披露しながら、咲子はまた指先で画面を下へ送っていった。「ほら、これで水煙草じゃなくて大麻だって分かるでしょ？」

　順送りに次々に表示される投稿には、カリフォルニアらしき土地の、いかにも観光といった趣の写真の他に、乾燥大麻がたっぷり入った透明の袋を枕にして寝そべる時江、巻き煙草にした大麻を五本同時にふかす時江、どこかの絶景を見はるかす崖の上でパイプの大麻を燻らせる時江、採りたての大麻をハワイの首飾りさながらに首にかけて笑う時江などが映っていた。さらにそれら写真の合間に、まだ新鮮そうな緑の大麻の塊でお手玉をする時江、長い鼻のところが吸引管になっている象の形をしたボングで大麻を吸う時江など、幾つかの短い動画もあった。

「どっぷりだね」

「コメント欄にも、いっぱい大麻愛好者っぽいのが涌いてる……」

　ひそひそ声で話し込む二人の前に、ふたたび店主らしき女が近づいてきた。向こうの若い男二人は赤ワインを酌み交わして談笑していた。

「どうかされました？　さっき何か、ちょっとお叫びになったみたいでしたけど」

咲子は携帯端末を持って操作して、先ほどの吸引動画を見せつけた。

「時江、海外で大麻吸ってました」

＊

古河内栗美はワイドパンツと下着を下げて便座に座り、小用を済ませると、そのまま携帯端末を手に写真共有ＳＮＳの、咲子の名を騙った時江のアカウントを過去に遡ってしばし眺めた。そのうちに全長三十五センチほどの、柔軟にしなう感じの棒の先端に赤々と灯るＬＥＤがはめ込まれた巨大なキーホルダーの写真が目に留まった。

「あ、これ、一緒に観に行った意味不明なアートパフォーマンスの……」

やがて腰を上げ、トイレの外に出て、そこの洗面台で手を洗って身だしなみを整えた。傍らには縦に細長い棚があり、そこにフリーペーパーやイベントのチラシなどが置かれていた。垂れ下がる暖簾をくぐって席の方へ戻ろうとした時、そのすぐ向こうに座る若い男二人の会話が聞こえてきた。栗美はそっと半歩斜め後ろに下がり、束の間、その遣り取りに聞き耳を立てた。

それからようやく暖簾をくぐると、奥の入口近くに座る咲子は店主らしき女とカウンターを隔てて何やら話し込んでいた。とそこで近づいてくる栗美に気付き、あ、私もちょっとお手洗いに、と椅子から降りて、微笑んですれ違って入れ代わりに暖簾をくぐっていった。

「今ちょうど渋崎さんに色々、菱野さんの逸話を伺ってたんですけど、大麻以外でも、私の印象と違って随分豪快な方だったんですね」と店主らしき女は言った。「驚いちゃって」

「そうですね」と席についた栗美はしおらしく答え、ほろ酔いの面持ちで肩越しに背後の壁の、四角いへこみに飾られた花瓶をちらりと眺めやった。「でもあの咲子も、時江のことを話す時って、けっこう盛るから……」

「あ、そうそう。これ、渋崎さんが一緒に注いじゃっていいって仰ったので。ついさっき注文されたばっかりですけど」

店主らしき女は栗美の前の、淡い黄金のスパークリングワインを手で示した。咲子の席の前にも同じものがあった。

「あ、いただきます」と嬉しそうに言って、栗美は美麗に泡立った液体を口にした。「美味しい。初めて来たけど、素敵なお店ですね」

「ありがとうございます」

まもなく店主らしき女は向こうの二人連れに呼ばれて、その後、咲子が手洗いから戻ってきた。入口の扉にはめ込まれたガラス窓越しに、すっかり夜の帳の下りた外の闇が覗けた。

「ねえ、これ見て」と咲子はまた写真共有ＳＮＳの、時江の別の動画を見せた。時江は爪楊枝を竿にした小さな国旗を手先に持ち、もう片方の手のパイプを吸ってから、日の丸に大麻の煙を吹きかけて笑っていた。コメント欄には「あの国は暮らすにはいいが、生きるには窮屈すぎる」という一文が時江自身によって綴られていた。

「あの国って、日本のこと？」

「もちろんそうでしょ」と咲子はげんなりと吐き捨て、肩を落として溜息をつき、うつむけた額に手先をあてた。「何か、あんまり飲んでないのに頭が痛くなってきた……」

「あっちのお客、さっきトイレから出た時にちょっと聞き耳立てたら、片方が集英社の編集者みたいだった」と栗美はそこで話題を変えた。「何か、自社の受付嬢を仕事中に口説いたっていう武勇伝を話してて」

「集英社って、出版社の？」と咲子は興味なさそうに言って、ちらりとも目もくれず、淡い黄金の液体をぐっと呷《あお》った。

「うん。うちの社名は英知が集うって意味で集英社だけど、実際には小さくまとまった小利口なだけの人が多いんですよ、だから意識してはみ出していかないと人間として創造性が失なわれていっちゃうって」

「へえ、何とも言えないね……」

それから数分ほど、料理の残りをつつきながら、しめやかに沈黙が流れた。咲子はぼんやりとした眼差しでまた、時江の投稿を過去に遡って眺めた。黄色い口紅をつけ、ニワトリの格好をした時江がいた。

「時江って、何だかんだ言って、面白い存在だったよね……」と咲子がぽつりと言った。

「うん」と栗美は頷いて直後、えっという顔をして咲子を見やり、口の中で「だった？」と微かな声でつぶやいた。

咲子はそれが聞こえなかった様子で、グラスの残りを一気に飲み干すと、にわかに据わった目つきで携帯端末を睨みながら、その中に登録された時江の連絡先を粛々と消去した。それから「帰ろっか」と吹っ切れた表情で栗美に微笑みかけて、長財布を手に持った。栗美も慌ててグラスの残りを飲み干した。

＊

やがて咲子は一人、黒地に花柄のワンピースの上から薄手のカーディガンを羽織り、ほろ酔いにほんのり頰を染めて、自宅最寄り駅に辿り着いた。駅を出ると傍らにコンビニが一軒、煌々と明かりを灯しており、咲子はそこに吸い込まれていった。まばゆいばかりの店舗の中、明らかにデザートを所望している様子でまず、アイスの冷凍棚を端から端までじっくりと覗き込み、特に食指が動かなかった様子で次に、その隣のシュークリームやエクレア、モンブランやティラミス、プリンやフルーツゼリーの並ぶ冷蔵棚を見ていった。まもなく咲子はふと立ち止まり、冷蔵棚の一点にじっと視線を注いだ。そしてその一点へ向かって、おもむろに手が差し伸べられた。つかみ取った透明のプラスティック容器越しに、美麗な純白の輝きとまだらな蜜柑の彩りが見え、貼りつけられた帯シールには「牛乳寒天」の文字がある。咲子はそれをまじまじと見つめるうちに、ごくりと生唾を飲み込み、脇目も振らずレジへ向かっていった。

【初　出】

人間界の諸相 ……………… 「小説すばる」2016年11月号～2017年10月号（全12話）

mimēsis …………………… 書き下ろし

毛のない猿の蛮行 ………… 『十年後のこと』（河出書房新社刊）収録の「死者の棲む森」を改題

装幀 …… 柴田尚吾（PLUSTUS＋＋）
装画 …… 愛☆まどんな「挑発的な天使」（2012年）
キャンバス、アクリル絵具　65.3×100cm

木下古栗（きのした・ふるくり）
1981年生まれ。著書に『ポジティヴシンキングの末裔』『いい女vs.いい女』『金を払うから素手で殴らせてくれないか？』『グローバライズ』『生成不純文学』がある。

人間界《にんげんかい》の諸相《しよそう》

2019年1月30日　第1刷発行

著　者　木下古栗《きのしたふるくり》

発行者　徳永　真

発行所　株式会社集英社

〒101-8050　東京都千代田区一ツ橋2-5-10

電話　03-3230-6100（編集部）

03-3230-6080（読者係）

03-3230-6393（販売部）書店専用

印刷所　凸版印刷株式会社

製本所　株式会社ブックアート

ISBN978-4-08-771162-2　C0093

定価はカバーに表示してあります。

集英社の単行本

好評既刊

生成不純文学

木下古栗

平凡なOL・梅沢美智子はある日、公園のベンチ椅子の裏に貼り付けられたノートを見つける。そこには野糞を採取する男の記録が……（「虹色ノート」）。自分がやらないことを言葉にする、そんな自己開発メソッドを生み出した茂林健二郎。彼はどうして熟女AVに嵌ったのか？（「人間性の宝石　茂林健二郎」）、ほか2篇。異才が放つ、文学の極北がここにあり！

集英社の単行本

好評既刊